韩梅梅

著

我该怎样爱你，

How to love you dear.

先生

北方联合出版传媒（集团）股份有限公司

万卷出版公司

PART 1 谢谢你，
Thank you , Myself.
我自己

003 眼界与胆识，这两样东西
特别重要
没有胆识的女人，永远生活在自
己的幻想和蒙昧的世界。

006 天生简单
她们对世界充满感恩。深知一杯
白开水的深意和美好。

008 什么时期，做什么事情
我们总是错觉时间绵长。而事实
是，不知从哪天开始，你会感到
越来越疲惫。

012 一个平凡而丰盛的女子
她是一个，有着丰盛心灵的人。

014 与其爱抱怨，不如去寻找
请尽量去做每一件会让你快乐的
小事情。

018 不要去做别人需要你成为
的那个人
所谓的成熟，其实就是知道自己
是谁，自己能做什么。

021 有气场的女人
气场是独属于一个人的，别人模
仿不来。

024 优雅到老
她身上，带着一种幸福感，工
作、家庭、生活，都是简单的，
样样都是它本来应该的面目。

029 让人记住你，而不是记住
你穿了什么
浑身名牌，不等于会穿。

032 疼惜你自己
女人，永远不要放弃关爱自己。

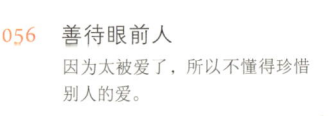

034 成熟的女人，理性地让自
己活好
成熟的女人开朗、快乐，会主动
安排自己的生活。

036 感同身受
"感同身受"，让我们走得更
近！

038 这样的女人不成熟
欢迎对号入座。

042 不要刻意去做豪放女
男人会愿意和豪放女喝酒，交朋
友，寻求一些刺激。

044 笑比哭好
告诉你一个真相吧！尽管女人楚
楚可怜、梨花带雨的样子很可
爱。但是，他们还是喜欢和快乐
洒脱的女人在一起。

048 即便确定他永远爱你，也
要经常打扮自己
女人花一点时间来让自己美丽，
还是会让男人动容的。

052 再舍不得，也会老去
谁让你变深刻？谁能替你作答？

054 为了爱情，瘦下来
或者，就只是为了自己。

056 善待眼前人
因为太被爱了，所以不懂得珍惜
别人的爱。

058 神经大条一点好吗？女
人。
你能不能不要那么敏感？

061 在没有他之前，你不也过
着平静生活吗？
你感觉他和你在一起快乐吗？

064 珍惜那不多的，一个人的
时间
在人群中，即使你做得再好，也
会有人反对和不喜欢。

066 只遗憾，不埋怨
她放过了他，也放过了自己。

068 他真的在乎你多胖吗？
如果他爱你，他一定是希望你把
身体健康放在第一位的。

071 **好怕闹情绪**
情绪，是无法控制的。
但它能被管理。

074 **祝福**
内心的善意

080 **让过客过去**
人的一生，会遇见太多的人，你
要感谢他们带给你的所有感受。

084 **看清了，请走开**
这个世界上，真正美好的感情，
不是由妥协组成的。

088 **那些前任教给我的事**
在你没伤够之前，是无法全身而
退的。

092 **分手以后**
没有不舍，也没有不甘。

094 **男女纯友谊**
我们见证彼此的成长，和生活的
变化。
即便有了各自的另一半，仍然是
很好的朋友。

PART 2 温暖
Fall in love,easily &freely. 又无负担的相爱

101 **如果你喜欢一个男人，要
相信自己配得上他**
一个内心不相信自己的女人，即
便建立了恋爱关系，也会在这段
关系中，处于不平等状态。

103 **女人不要做怨妇**
抱怨总是在不知不觉中开始的。

108 **男人害怕悲情女人**
生活已经够辛苦了，为什么还要
折腾不休？

110 女孩，别犯傻
你到底想怎样？

112 本就不应该爱到尘埃里
他反而会觉得生活缺少点什么，
于是从这个缺口里望出去，他总
想寻找点什么。

115 曾经我也是大龄剩女
你心里要十分确信，但是，总会
有人，就喜欢这样的你。

**122 你要相信，你的勇敢，有
可能换来一场奇遇**
说出来，至少不遗憾。

**128 对爱情越渴望的女人，越
得不到爱**
寻求一份真爱，其实你需要做
的，只是一切举止发自内心。

130 "好老公"什么时候来？
在你找好老公的同时，他其实也
在寻找你。

134 找一个正能量的人来爱
是的，找爱人，应该找阳光的，
快乐的，积极向上的。

**136 珍惜那个为你捡起头发丝
的男人**
他一定爱惜着她，保护着她，包
容着她。

138 孩子般单纯地爱着
不然，你会被他一点点地压倒，
困住，最终失去美好的世界。

140 追求一份深沉的爱
理想的爱人，不会让你为他而改
变，让你永远做自己。

**144 我所理解的爱情就是：
两个人，没那么多事儿
地一起生活下去**
你要想过好日子，自己就要是一
个开心的人。自带安全感。

**149 乐观积极的态度，可以传
染给他**
男人更喜欢和乐观大气的女人在
一起。

151 言传身教，让他对你好
如果你有什么需求，一定要清楚
地说出来。

153 先做朋友，再做爱人
真正伟大的友谊是经得起考验的。爱情，却脆弱无比。

156 喋喋不休让他脾气变大
其实，我知道你是为我好，但我就是受不了你叨叨叨叨，叨叨叨叨叨。

159 他变了，好正常！
你要和自己的失望作战。

161 不信任，是因为害怕
"分手不可怕"这个念头，是治你不信任的良药。

164 如果他告诉你在忙，那是真的在忙，不要想多了
不要总为小事纠结

167 妒忌他的过去，等于毁掉了你们的现在
如果你想要幸福，就不能太介意。

171 老哄你，我累了
不要动不动提分手。

173 别人的恋爱模式，不一定适合你
轻松舒服，就是最好的模式。

176 越害怕失去，越容易失去
情深不寿。

178 不要夸大自己的委屈和愤怒
以退为进，聪明之选。

181 有些话，一说出口，就再也收不回来
有些工作的意义和成就，不是用收入来衡量的。

184 不要认为你要什么，他"应该要知道"
怨妇是怎样产生的。

185 与你们的问题和平共存
世界上没有完美的伴侣。也没有完美的关系。

187 对称的爱
对称的人，你再怎么作，他都有办法来应付你。

190 各自的满足
你是你，我是我。

How to love you

Dear

204 不要怕遇见坏男人，坏男人是好女人的大学

世界上，真的有那么多针对你的坏男人吗？

209 男人的自尊心

为什么要把自己的喜恶标准强加给他呢？

212 小题大做

太爱他是一回事，过度要求他则是另一回事。

215 他的心里话

我有很多坏毛病，请你包容。我也会接受你的不完美。

217 你的宽容，还有我温暖的包容

宽恕，就是将不愉快的事情，尽早忘掉，清除掉。不留一点阴影在心上。

220 遇见这样的男人

遇见他以后，你突然失去了再去寻找其他男人的欲望。你心甘情愿地对他一心一意。

222 他会喜欢这样的你

不要为小事抓狂。

224 他不知道怎么做，就直接要求

把想说的说出来。

192 你喜欢看他吃醋？

也许女人天生喜欢戏剧性的恋爱，但是，如果你爱他，就不要折腾他。

195 拥抱不是越多越好

你自己感觉好得甜蜜，陶醉得不行，哪里知道他正有苦难言？

197 很高兴为你服务

有时候，他不是变懒了。他就是想被服务一下而已。

199 玩够了就回来

男人，就像长不大的孩子。永远有一颗贪玩的，充满好奇的，不安定的心。

202 爱情定律20条

女人哭，只在刚开始有用。

226 别让他为了满足你，而违
背心愿生活
当你想批评他的时候，请记住，
他是另一个人，不是属于你的。

228 去探寻他过去的感情，是
自讨苦吃
"每个人，都有一段悲伤，想遗
忘，却欲盖弥彰。"

230 当他烦躁时
在他的那几天，保持安静。

235 不会表达的男人，不一定
没有爱
不要总是问：你到底爱不爱我？

237 没有他，也能安然入睡
偶尔分开，享受一个人的时间。

238 收起你的夺命连环CALL
两人相处，轻松最重要。

240 爱情不能大过天
淡然一些，自立一些。

242 对他的朋友好
不要对他说："又去见你那帮狐
朋狗友了！"

244 能说到一起，才能过到
一起
其实，最美的承诺是：让你跟我
永远有话说。

231 不要让不愉快的，在心里
停留太久
多大点事儿啊！

233 "有我呢！"
相互扶持，就没那么艰难。

246 自从有了你
这一切，全变了。

PART 1

谢谢你，

我　自己

Thank you, Myself.

Thank you,
myself.

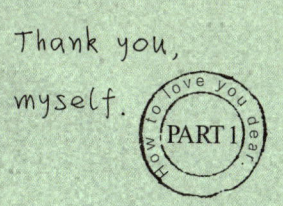

眼界与胆识，
这两样东西特别重要

dear.

没有胆识的女人，
永远生活在自己的
幻想和蒙昧的世界。

如果此时此刻，要你谈一谈对生命，对自我，对情感的态度，你会怎么说呢？

五年前你所向往的一种生活，现在是不是已经过上？

经过了年轻时的蒙昧岁月，我渐渐懂得了，对女人来说，有两样东西，特别重要：

眼界和胆识。

有眼界的女人和没有眼界的女人的区别就是：没有眼界的女人永远在看自己，看自己脸上是不是又长痘痘了？又胖了半斤？今天是不是漂亮？有眼界的女人，早就知道了，青春易逝，她早已不为此苦恼，她知道如何修炼内心来抵抗。

有胆识的女人和没有胆识的女人的区别是——那些看起来是遥远的人生，有胆识的女人，把它变成了真！而没有胆识的女人，永远生活在自己的幻想和蒙昧的世界。

眼界宽了，你会有自己的能力和胆识。你会清楚知道自己要什么。

有眼界的女人，基本上没有太多崇拜的明星名人，她有欣赏的对象，但不会狂热地追逐。

有眼界的女人，用出发去体会世界有多大，有多美。

有眼界的女人一定会花时间来看看书。

我身边的女人们，看书太少，一味上网，甚至连报纸都很少看。

相同的时间，是用来看肥皂剧，刷微博，还是用来看书，或者地理杂志，你如何取舍？

在男人眼里，大多数女人缺乏独立思考和判断能力。常看书的女人知识丰富，谈吐不俗，让人刮目相看。

但是她做这一切，不是为了得到他的认可。是为了自己。

胆识，是修炼出来的。是一点一滴积累起来的。

先是对生活的认知，然后是思考，然后是大胆地迈进。遇到各种问题，用成熟的，智慧的方式去解决。

遇到的困难险阻越多，得到的修炼越多。到后来，不管遇到什么问题，都比较容易得到解决。

what period, what to do.

天生简单

—
dear.

她们对世界充满感恩。

深知一杯白开水的深意和美好。

不只是男人，其实连女人，也喜欢那种容易满足，天性快乐的女孩子。

这样的女孩子，一般对物质的需求不高。欲求低到，只要看见阳光，就已经开心了！

她们性情简单，精力充沛，心情晴朗，懂得享受生活。

喜欢自己的工作，每天高高兴兴去上班，回到家里很少抱怨工作和同事。

有很多不为名利的爱好，热心投入，只是享受它们的乐趣。

奉行"吃亏是福"的人生态度，从不斤斤计较。

似乎没有特别讨厌的人，以一颗善良的心去对待身边的每一个人。

不管住的是大房子还是小房间，不管是买房还是租房，都用心布置自己的家。哪怕只是用水栽培一棵翠绿植物。

充满乐观与希望。

哪怕只有一套漂亮衣服，也能每次都穿出新感觉。

看见雨水打湿树叶，就会感到喜悦。

会记得身边亲人朋友的生日，会主动送上别致用心的小礼物。

从不头脑发热地乱购物。

很少胡吃海喝。

从不用奢侈品。但舍得花一大笔钱买一个相机学摄影。

经常参加一些不花钱但很有意义的活动，比如，看画展，参加作家见面会。

她们对世界充满感恩。

深知一杯白开水的深意和美好。

在乎别人多过于在乎自己。

神经大条，很少对什么事情感到失望。更很少羡慕嫉妒恨。

跟这样的女孩子交往，就算你忘记了她的生日，她也不会介意，因为对她来说，活过的每一天，都意义非凡。

她也不是没有郁闷的时候，但是她不希望把郁闷传染给别人，所以，那个时候，她更愿意一个人待着。但这样的时刻，会很快过去。

这样的女孩，你煮碗面条给她吃，她也会跟你带她去吃法式大餐一样开心的。

什 么 时 期，

做 什 么 事 情

我们总是错觉时间绵长。

而事实是，不知从哪天开始，

你会感到越来越疲惫。

dear.

有一天在飞机上等起飞，听旁边一位大姐打电话，嗓门很大：

"我跟你说啊，别纠结了，早点结吧，不然离婚都赶不上好时候了，早结早离！"

这话听完，我立马对大姐投过去敬佩的眼神。

早些年，咋没人这么对我说呢？

过了30岁之后，我也经常这样劝身边的朋友：

时间从来不等待任何人，所以，该干吗干吗去吧！

什么时期，做什么事情。

该好好学习的时候，要好好学习。

该多谈恋爱的时候，要多谈恋爱。

该出门流浪的时候，就去流浪。

该奋斗的时候，就奋斗。

该矜持矜持。该奔放奔放。

该结婚结婚。该生娃生娃。

不同的时期，有不同的精彩，应该都要抓住了。

总有人，在该学习的时候去恋爱。在事业上升期的时候，轻率辞职去旅行流浪。在想要旅行的时候，被工作拖累，在合适的那个人来的时候，总想着再等等看有没有更好的。在该要娃的时候，选择了放弃，等后来年纪大了，再想生，困难多了。

这样的人生，有时候就像搭公车，这一趟车错过了，就可能一次次错过。

　　在什么时期，做什么事情。我们总是错觉时间绵长。而事实是，不知从哪天开始，你会感到越来越疲惫。

　　我见过太多嘴硬的女人，曾经豪言壮志：结婚有什么意思？这辈子，我就一个人过了！到后来，仍然想有一个温暖的家，一个爱笑的娃儿，过安定温暖的生活。

　　人都是需要爱的，需要有个人来嘘个寒，问个暖。

　　再坚强的一个人，也会在某天，面对万家灯火，暗自失落。

　　因为是凡人。

　　所以，什么都不要错过。

How to love you dear.

一个平凡而丰盛的
女子

她是一个，有着丰盛心灵的人。

dear.

我一个男性朋友曾经这样评价他的女友，我一直记得，是因为再也没有比那个更动听的了：

"她的心，就像一颗丰盛多汁的葡萄"。

那个女孩，是曾经的同事。

她是一个其貌不扬的人。

但是，她有让人舒服的气场。走近她，总是让人感觉很愉快与轻松。

她穿得很简单，但看着很舒适。几乎很少戴饰品，除了男友送她的项链。

她的办公桌，总是干干净净。上面有一盆自己养的植物，还有一条因为常年精心换水而活了好久的小鱼。

她说话轻柔，却观点犀利。从不人云亦云，也从不故意讨好谁。

我们总笑她，走路的时候，脚下，像有弹簧。好像总是有什么高兴的事情，让她随时就会蹦跳起来。

她很少很少，埋怨什么。

在公司楼下的餐厅，她会徘徊几个窗口，精心挑选自己心仪的午餐。偶尔，还从包里掏出一小瓶自己榨的果汁。

在我给她介绍男朋友之前，她的空间和微博里，从来没有诉说空虚寂寞的文字。一只小猫静静地陪着她。当她有了男友，她也没有在上面秀过幸福，他们过得好不好，我们只能从她每天做得多彩美味的早餐中得知……

她就是一个平凡的人。

能够捕捉到温暖的阳光，品尝菜叶的美味。她有太多感兴趣的东西，根本没有时间去说自己无聊。

从早忙到晚，她也会在回家的路上哼起歌来。

想谁了，就主动联系。

从不去听别人八卦。不说别人闲事。

对自己不喜欢的人，远离就是。

一个有着丰盛心灵的人，似乎天生就是会化解压力，不会因为一点不开心的事，就觉得世界黑暗，会对太多不中听的话，一笑了之。

的确如此。

她现在，结婚了，仍在继续幸福地生活着。

How to love you dear.

与其爱抱怨，不如去寻找

请尽量去做每一件会让你快乐的小事情。

这些快乐，

来得容易，

也不容易被剥夺。

女人爱抱怨。

男人最怕女人无休止的抱怨。

一个女性朋友有了微信以后，那里就成了她抱怨的平台。

早上起晚了，开车被别了，刘海剪短了，邻居太吵了，天气太坏了，晚饭太辣了……几乎没有见过她快乐的时候。

每一条文字下面，都是她嘟着嘴，皱着眉的自拍照。

她总在微信里抱怨快乐很奢侈。说现在要追求点快乐，没有点时间和精力，不花点钱财是不行的。

我想，这可能是她自己选择的一种生活方式吧，通过抱怨，来提高存在感，她自己不想快乐，所以，怎么也快乐不起来。

在我看来，快乐真是太简单了。

比如说，那个朋友抱怨开车时被人别了一下，然后她就一直生气，到了单位，还在想着这件事，必须发个微博微信痛斥一下才行。但其实，被别了的下一秒，她完全就可以忘记这个事情，继续好好开自己的车，这事儿就算过去了。不为这些小事纠缠，就容易快乐。

快乐，有时真的跟环境没有太大的关系。

有的人，认为自己要买了一个大房子住进去，才会快乐。

但是，每当我搬进一个新租的房子，用心地去布置它，买上一盆鲜嫩的绿植摆在窗台的时候，我就很快乐！

　　在一个干净清爽的房子里，放点音乐听，也能体会到一种美妙的心情。

　　或者戴上一副好耳机，在晚风轻拂的傍晚，去公园散散步，也是很快乐的。

　　睡之前，在灯下翻一本书。找到久违的宁静的体验

　　早点起。脑不晕，心不烦。

　　养一只会在门口欢迎你的动物。让你每天都更愿意回家。

　　去做一次狂出汗的高温瑜珈。洗完澡出来，真是一身轻松！

　　去理个发。走出理发店，心情真的会很好！

　　少刷点微博微信。那里过于吵吵嚷嚷，让人心烦意乱。有营养的东西真的不多。

　　给自己换个更舒服的床，和购置新的纯棉床品。当你躺上去那一瞬间，感觉真是美妙。

　　果断扔掉不需要的旧东西。东西多，可不等于有品质的生活，积压，只会让你更沉重。

　　整理电脑硬盘和桌面。相信我，整理完以后，一定会浑身轻松。

多喝水。排掉身体里的废物。

花时间炖点汤喝。暖汤喝进胃里，那种关爱自己的感觉也很好。

自己亲自种点菜。哪怕就是在花盆里栽两棵葱，吃面的时候，切一点放进去，也是不一样的滋味。

逛清晨的菜市场，挑挑拣拣，也是很有幸福感的事情。

隔三差五给自己的办公桌上摆一束鲜花，花的色彩和姿态，还有香味，会让你心情愉悦。

自己做点小手工，体会属于自己的成就感。

幸福的人，快乐总是藏在微小之处。

取悦自己，其实一点都不难。

与其爱抱怨，不如去寻找。

请尽量去做每一件会让你快乐的小事情。

这些快乐，来得容易，也不容易被剥夺。

让每一天都变成你喜欢的，你度过了它，然后你就这样度过了一天又一天，就拥有了一个快乐的人生了。

How to love you

不要去做别人需要你

成为的那个人

dear.

所谓的成熟，

其实就是知道自己是谁，自己能做什么，

能够调伏自己的内心，

让自己不松散，不执着，

遵照内心生活，一切顺其自然。

一对情侣来找我妹妹拍婚纱照。准确说，是拍没有婚纱的婚纱照。

他们一个是画家，一个是设计师。婚礼定在一个月后。

他们的要求很简单，在摄影棚里，先关掉所有的灯，然后打开其中的一盏，他们在那一束黑暗中的光线里拍照。

同去的朋友说：哎呀，你们这样，没有婚纱，没有手捧花，哪里像婚纱照呀！将来你们做了相册，肯定要被亲戚朋友们笑话的。

新娘子淡淡一笑，说：这就是我们自己想要的结婚照，为什么要拍得让别人满意呢？

很多新人，都抱怨说拍婚纱照太费钱了。那是因为影楼的销售人员在不断地告诉：现在最流行这个，还流行那个，还有那什么也是必须要的，化妆要各种底油，睫毛膏……后期产品要水晶摆台，汽车吊链，马克杯，大油画框……大家都这么拍的，你为什么要拒绝呢？

因为不知道自己要什么，在销售小姐热情地一来二去，添来加去之后，很多钱就交过去了。

活出自己，是人生最难的一道题。有的人除了婴儿时期出于本能发出需求的呼喊，可能到最后也没有做到。

活出自己，就是活出一份心情。有属于自己的一份心态和心胸。不要让他人的标准和态度，给自己留下阴影。

所谓的成熟，其实就是知道自己是谁，自己能做什么，能够调伏自己的内心，让自己不松散，不执着，遵照内心生活，一切顺其自然。

活着，非得要符合别人心中的形象？

如果你想活得张狂，就张狂。张牙舞爪又如何？

你想活得沉默，就沉默。

你的眼睛所看的，耳朵所听到的，身体所感受到的，整个世界的信息。大部分是不值得太在意的，有的甚至是垃圾。你只需要感受最美好的那一小部分。要学会过滤和放下。要找到内心最需要的感受。

懂得了解与爱惜。不要太依赖。做一个纯真的人。用最真的自己，去体会人生中无数种美妙的时刻。

不要去做别人心中的那个人。也不要去做别人需要你去做的那个人。

做你自己就行了。

How to love you

有气场的女人

dear.

气场是独属于一个人的,

别人模仿不来。

　　朋友聚会,晓贤来了,衣着精致,高跟鞋噔噔作响,风风火火,坐下来就说:"还是跟你们这帮朋友在一起轻松啊!"

　　她在一个杂志社工作,职位越做越高,现在已经是副主编了。

　　"现在,我们编辑部那帮小姑娘都怕我,先前还叽叽喳喳,只要我一出现,马上谁都不敢说话了……唉!是不是我气场太强了?"她做出苦恼的样子。

　　你那哪是气场,你那是气势!我笑着说。

气场和气势的区别在于：

有气场的女人笑起来让人舒服。有气势的女人连笑起来，都让人紧张。

气场，不是每一个女人都会有的，那是一种让人抵挡不住的气质。即便是女人，也会被女人的气场所吸引。

气场是独属于一个人的，别人模仿不来。它与长相出生无关，和年龄、职业也没有关系。外企高管能有她独立精干的气场，邻家小妹也能有她淳朴快乐的气场。

气场不是拿钱堆出来的。

一个穿戴靓丽而吸引人注意的女人，只能说明她会搭配。

有气场的女人物质生活可能会很简单，拥有的东西不多，但都是精挑细选，不落俗套。

她懂得吃，懂得穿。不但自己讲究，还让接触到她的人也有美好的体验。

内心平静，笑容干净迷人。精神奕奕。

拥有独立的人格和审美，有远见。对自己要求很高，能克服自己的敏感和情绪化。

她不卑不亢，不刻意，不谄媚，从容应对欲望和需求。遇到难堪，她会运用幽默与自嘲，进退自如。

她会调整自己的心情，懂得如何不极端地处理自己低落的情绪。

情感上，她不依附于任何人。

有气场的女人懂得节制。不暴饮暴食，不熬夜。

她穿着得体，不盲从时尚，找得到适合自己的风格。不做作，从不炫耀她拥有的一切。

她有做人的原则和底线，知道自己想要的是什么，不盲从，不跟风。不被欲望所左右。

待人有礼。有教养。宠辱不惊。谦虚自信。落落大方不做作。坦然，不浮躁，不随波逐流。

敢于争取，也敢于说不。

对感情真心付出，看得懂男人，包容和理解。从容应对各种突发情况。从不死缠烂打，从失败中思考教训，从来不担心自己没人要。

有气场的女人，由内而外散发出温柔和亲切感。让人愿意和她在一起。

在人群中不经意地走过，你常常第一眼就看见她！

How to love you

dear.

优雅到老

她身上，带着一种幸福感，工作、家庭、生活，
都是简单的，样样都是它本来应该的面目。
我总觉得自己将来，就应该像她那样静静地生活，
不急不躁，心里没有什么烦恼。

我在南方旅行，路过成都，去看了小学时的班主任 Z 老师。

20 多年过去了，她今年已经 60 多岁，白发苍苍，人瘦了不少。但是，还是那么精神，笑起来像个孩子，一见面，就拿出饼干盒，叫我吃饼干，就像小时候那样。

20 年前，在那个小城，她的头发还是漆黑浓密的，喜欢穿一身干净的浅色西服。她的丈夫是一个医生，两个人的薪水足以满足日常生活，还能有盈余给一儿一女买很多的课外杂志，一人一辆自行车。

我们住在一个院子，一大排平房，每家门前都有一两棵果树，我家是苹果树，她家是樱桃树。

别人家都喜欢在果树下种菜种葱，她家树下种的是花。

Z 老师的女儿小欢是我的同班同学，她要求自己的女儿在学校也喊她"Z 老师"。

周末，我爸妈喜欢上山打猎，我妹妹喜欢去找同学，我弟弟悄悄去河里游泳。我喜欢去小欢家玩，因为她家里有好多课外书。

走进她家，能看见小欢妈妈把家里收拾得井井有条，家具上一尘不染。她家格局和我家一样，客厅、卧室，天井，厨房。天井边有个楼梯，爬上去，是一个阁楼。

我去她家玩，总是看见 Z 老师半躺在阁楼门口的椅子上晒太阳，看书。太阳在她身上，折射出柔和的光线，她看书看得入迷，根本不理会活泼的孩子们在楼下做什么。

工作清闲，生活平淡。一儿一女，阳光温暖。那个时候我还小，懂得不多，但是当我看她的时候，我总觉很羡慕她。她身上，带着一种幸福感，工作、家庭、生活，都是简单的，样样都是它本来应该的面目。我总觉得自己将来，就应该像她那样静静地生活，不急不躁，心里没有什么烦恼。

她给我们上课是极其负责的。我当值日生的时候，擦完黑板，喜欢看她摊在讲桌上的教案，每一个字，都写得那么好看，清秀，整洁，认真。她上课、开会从不迟到，每年都去学生家里家访。她来我家最方便，坐在我家沙发上，时不时用手赶一下凑上去的小狗，我妈说，孩子不听话你就打！她总是微笑，基本不说我的坏话。

她的宁静，也感染着她的女儿，院子里的小孩都喜欢和她耍，她好像从来没被父母打过，她穿得干净，喜欢看书，唱歌，性格自信开朗，慷慨大方，和她在一起，总是心情愉悦。

我们在一起跳房子，跳皮筋，做游戏，扮"家家园"，不知不觉，就混过了整个童年。

考上初中那年，她爸要调回省城里去了。他们全家都要搬走。

她家想把她的小自行车卖掉。一百多块钱。

我想买，我妈也想买，但是考虑来考虑去，还是放弃了，那个时候的一百多，对我家来说，真的挺贵的。

后来自行车卖给了别人。

但是临走前，Z老师让小欢送了很多《少年文艺》给我。

小欢刚回到省城，给我写了很多信。

后来，我也考到外面念书去了。

我们就失去了联系。

十多年以后，我在北京工作，突然有一天，一个陌生号加我QQ，原来是小欢。

重新联系上，我们可高兴了。

小欢说，她现在是一名空姐，结婚了，刚生了一个可爱的女儿。

我问起Z老师，她说，挺好的。

Z老师早已经退休了，退休以后自学了英语，每年都和老伴去国外旅行。

去年春天，我去成都，专门去看了Z老师。

他们家，还是那样的温暖祥和的气息，只是地上多了好多凌乱的小孙女的玩具。

吃饭的时候，Z老师说，她这些年有些闲不住，就在家里开了一个补习班，给孩子们补习作文课。本来只想打发时间，不料慕名而来的学生越来越多，家里都坐不下了，后来，她儿子就出钱给她在外面租了一间门脸房，正儿八经地装修下来办了一个"作文学校"。可是办了不到半年，那条街上的地痞就因为和房东有纠纷，老来骚扰。

"打扰来打扰去，干脆就把学校关了。"Z老师笑着说，"一辈子就投资了这么一件事，还失败了……"

"可惜了装修的钱……"小欢说。

Z老师摇摇头说："人一辈子，哪有事事顺意的？我这一辈子，有你，你爸，你哥，我们平平安安，顺顺当当的，一家人好好在一起，就够了……办学校，这些事情都是多余的，感觉不好，关了就是！……"

不管这个世界有多么现实混乱，

总有人在这其中坚持了自己的从容淡定。

Z老师就是这样一个优雅到老的女人。

她做好了自己的事业，顾好了自己的家庭，也实现了很多自己的爱好。

她一生的时间，都在平淡地生活，用一颗单纯的心活了一辈子。

让人记住你，

而不是记住你穿了什么

浑身名牌，不等于会穿。

让人记住了你，而不是记住你穿了什么的女人，是最会穿衣服的女人。

我认识的最会穿的女朋友，她从来不去大商场买衣服。淘宝和露天的小市集，还有路边的创意小店，是她最乐于去的地方。

有的衣服，单独拎起来看非常一般，但她有神奇的能力，能把它们搭配得好看。

她家境优越，有很多追求她的男人送首饰给她，但她从来不戴。

她知道按照心情来做简单的配饰，自然而不做作，令人赞赏。

不会穿的女人，做尽尝试，丧失自信。

会穿的女人不费吹灰之力。

我自己就是一个不太会穿的人。

这个朋友给我的建议就是：穿你自己觉得舒服的，不要因为追求流行而犯错。

我最难忘她说的一句话：如果他们很少注意你穿了什么，但已经记住了你，那么，你已经很会穿衣服了。

所以，我索性放弃了追求流行。

简单的 T 恤，搭配牛仔裤。穿有质感的基本款，不会错，让自己舒服自在的衣服就是最好的。

接受自己先天的身材，想办法取长补短。

对所谓的"风行"的东西，持怀疑的目光。它穿在别人身上好看，但不一定适合自己。

所以，我从来没有试过 UGG。

也不是所有的人都适合细细的金项链。

我喜欢那种手感好的，有令人无法抗拒的天然质感的衣服。

当然，如果看到有人穿着一件好看的，令人心动的毛衣，也别害羞，大胆去问：你在哪里买的？

一件漂亮的衣服，不要介意一穿好几年。

不要去跟别人比高下。

收起不合适穿的衣服，衣柜里的东西，要少而精致。

也别冲动地去购物，在打折季谈便宜，买回一堆最后不穿送人的衣服。

把钱花在你真正喜欢的东西上。

遇见真的喜欢的款式，可以买下同款不同的颜色。

帽了和围巾是高效的配饰。

一条小黑裙，足够应付各种场合。还有，黑色的高领毛衣，是经久不衰的气质单品。

如果你穿得简单，就不要去讨度设计自己的发型。

尽量多穿颜色明亮的。人生总有暗淡的时刻，这时需要你衣服来帮你提亮心情。

穿出你的风格，比穿得时尚更重要。

永远要保持自己的"风格"，不要因为他人的评价而转变。

还有，要穿得好看，别忘记一个最最重要的秘诀，那就是：

放轻松！

疼惜你自己

dear.

女人，在恋爱中，最容易犯一个错误，就是一旦爱上，就过于关心他，而疏忽了疼惜自己。

爱上一个人的时候，总想努力表现，为了对方好，自己变得不再重要。

卖力付出，尽力讨好，只为了让对方更加重视自己，如果能感受到对方对自己的需要，那是最快乐的事了。

只是，你以为，时时刻刻如此，他就会喜欢吗？

不是的。

当有一天，你躺在床上流泪，思考我是不是对他太好了的时候，你就会发现，确实为自己做得太少了。

女人，永远不要放弃关爱自己。

你的时间和心力都是有限的。应该像爱别人那样去爱自己。

不是把"别人是不是需要我"看得那么重要。

> 女人，永远不要放弃关爱自己。
> 你的时间和心力都是有限的。
> 应该像爱别人那样去爱自己。

你很重要！首先是对自己来说很重要。明确了这一点，你对别人来说，才会重要！

真的不骗你，我身边那种越是以自我为重心，奉己为神明的人，更容易得到男人温柔体贴的爱，有时候，我们甚至会惊讶，以她的条件，怎么会把那个优秀的男人操控在手掌之上。这个秘密，就是——她很爱自己！

她的身上，散发着一种"我很重要，我需要疼爱，你必须关怀"的信号，男人天生有捕捉这种信号的能力，他有时候，很乐意为你付出的。而你一旦暗示给他："我愿意为你付出一切"，他反而会变得骄傲。

那种因为有爱而产生的踏实感，安全感，是需要自己给自己的，不是靠人施予的。我们能自给自足，轻松快乐，其他人才会更愿意接近我们、聆听我们。

千万不要去做那种一味付出，失去自己，最后筋疲力尽的女人。

你先疼惜自己，他才会疼惜你！

How to love you dear.

成熟的女人，
理性地让自己活好

成熟的女人开朗，

快乐，

会主动安排自己的生活。

如果要给成熟一个定义的话，我认为，成熟的女人，一定是：理性的，让自己活得好的女人。

一个成熟的女人，思考问题，说话做事，一定合理合情。

但我们也见到过，有的女人四五十岁了，说话做事还像十岁的小孩。任性，不讲道理。遇事退缩极端，爱钻牛角尖，总是自怨自艾。

心理不成熟不是一种病，但它会让你活得不好。甚至还会让你身边的人受到影响。

一个成熟的女人，看问题清晰透彻。

尽管有压力，但是没有"包袱"。

她从来不会有一点不顺心，就吃不下饭，睡不着觉，烦躁焦虑。

她用友好的态度面对每一个人。

成熟的女人开朗，快乐，会主动安排自己的生活，走出窄小的天地，去学习，旅行，不断改变自己的旧观念和开阔眼界心胸。

不成熟的人，不知道自己想要什么样的生活，更不知道如何去做。而成熟的女人就相反。

一个成熟的女人懂得"随遇而安"，当她和他一起去旅行，住得了五星级的大酒店，也能睡硬木板床的青年旅社。下班了，和同事在路边站着吃两把羊肉串，也不会觉得难为情。

成熟的女人不管在单身时，还是结婚后，都知道拥有"自己的生活"。她能够在各种角色中，负起责任。生活中必然有各种难处，她会清楚地知道：这是我自己的选择，所以没必要怨天尤人。

很多女人天性里争强好胜，把面子看得比爱情重要，所以，在和他人有矛盾的时候，总是放不下身段来先说一声对不起。成熟的女人，是会先低头的。事实上，一句服软的话，就能马上消减剑拔弩张，不管是在怎样的气头上，只要有人示弱，就怎么也吵不起来的。

成熟的女人懂得智取，不蛮争，这其实也是一种以退为进。

成熟的女人情绪稳定，极少发飙。

她知道什么时候该撒娇，什么时候该懂事。

她非常善于听取别人的经验，然后来完善自己。

感同身受

dear.

"感同身受"，
让我们走得更近！

一个善良的女人，看着他人受罪，她会流泪。

当我看一个影片哭得稀里哗啦时，我的爱人会把手放在我的肩膀，那一刻，我体会到一种无言的默契，在我们中间传递。

当他掏出两块钱，递给路边的乞丐，我会从心里觉得温暖。

"感同身受"，让我们走得更近！

人生在世，有人苦，有人乐，有人幸，有人不幸。

看看那些受苦的人，我们会更懂得满足和珍惜。

不要总是忙着自己享受生活，看看能为他人做些什么吗？

有时候，可能只是点击一下微博，帮走失孩子的焦急父母转发一下。

给冬季受冻的山区孩子寄两件衣服。

为不公平奔走呐喊。

勇敢扶起摔倒的老人。

抱住一个痛哭的朋友。

用一段时间，去参与一段没有报酬的工作，去做义工，为这个社会，奉献一点自己的微薄力量。

为他人奉献和服务，自己也会收获内心的富足和甜美。

善良的女人能够设身处地地感受别人的感觉，站在他人的立场思考问题，能够包容与理解他人，所以，她的朋友也会多。

仁慈、温柔、有耐心。

一个善良的女人，会有福报，至少她会珍惜自己所拥有的当下人生。

这样的女人
不成熟

欢迎对号入座。

—

dear.

1_

相信电视剧里的爱情，觉得感情生活是生命中最重要的东西。

2_

没有"安全感"，痴迷抱怨。

3_

假装单纯。小姐脾气。

4_

爱打听别人的隐私，如"你老公一个月挣多少钱啊？"

5_

怀疑猜忌。喜欢用一些愚蠢的行动来"考验爱情"。

6_

动不动拿别的男人来跟自己的男人做比较，而且还当面说出来。

7_

说脏话。

8_

无病呻吟。

9_

喜欢把自己的隐私告诉别人。

10_

没主见，容易被别人的意见所动摇，附和别人的观点，完全没有自己的看法。

11_

做事不靠谱，会因为天气或者交通原因而爽约。

12_

在微博微信转发"不转不是中国人""为了爸爸的健康而转发，否则……"这样的东西。

13_

对自己的身材极度敏感，总觉得自己很胖，不吃饭，宁愿饿晕。

14_

不知道哪里来的优越感。

15_

不懂装懂，信口开河，滔滔不绝发表肤浅的见解，明明只懂10分，敢说自己懂100分。

16_

没有对自己和生活的准确地位，对未来没有规划，晚上睡觉前，梦想着"穿越"回哪个朝代。

17_

蛮不讲理。从不尝试去理解别人。

18_

经常把一件小事无限扩大化。

19_

动不动就全盘否定一个人或者一件事。

20_

控制欲强，希望一切都如自己所希望的那样。

21_

对喜欢自己的人颐指气使。

22_

偷看别人的短信私信、通话记录。

23_

喜欢说"男人没一个是好东西！"

24_

微博上写"今天下雨了"，然后配图是自己，嘟嘴捂脸眯眼剪刀手。"电影院好挤呀！"然后配图是自己，嘟嘴捂脸眯眼剪刀手。"××不哭"，然后配图是自己，嘟嘴捂脸眯眼剪刀手

25_

热爱八卦。跟风嘲笑某个明星的脚臭。

26_

情绪化。

27_

称自己是宠物的"麻麻"。

28_

为了体现自己的与众不同，经常说："我吃披萨，从来不吃饼边"这种话。

30_

以为别人多看她一眼，就是为了要追她。

31_

在公共场合讥讽别人。

32_

不关心亲人，啃老，觉得父母对自己的付出是应该的。

33_

把粗鲁当洒脱。

34_

虚伪，心里瞧不起别人，当面却做得很亲热。

35_

嘴里很少说谢谢。

How to love you

欢迎对号入座。
欢迎自省改正。

dear.

不要刻意去做豪放女

男人会愿意和豪放女喝酒，

交朋友，寻求一些刺激，

但是，

他们一定更愿意和温柔淑女谈恋爱的。

dear.

　　每天下午散步的时候，会经过一所中学。

　　夕阳西照下，总有三三两两的学生从我对面走过。

　　不止一次，我看见一些穿着校服的女孩子，勾肩搭背，叼着烟，口爆粗话，显得又凶又狠。

　　从这些女孩身边走过，我总是苦笑。

　　我也曾那么年轻过，也曾希望自己表现得"超强"，想要与众不同一点。也十几岁就开始抽烟。脏话至今也会说。

　　特别理解一些女孩子，希望把自己扮演成一个豪放女。要强，胆大，鼓噪，抽烟，酗酒，无法无天，做出位的事情。

　　我也曾那么做过，因为放纵是有快感的。

有时候，似乎想诵讨什么来标榜一下：我是新时代的女人！我不一样！

有时候还会收获一些没胆子冲动一下的女孩的羡慕眼光。

但是，这样很累。

如果我们想过得好一点，就不要去放纵自己。因为豪放的背后，是深深的疲倦。

女人，天性是软弱和柔顺的。

开朗和大气、积极的女人，懂得内省自己的言行，按照轨道去生活，而不是去为所欲为，刻意豪放。

相对于夸张的露背装和火辣纹身，他可能会更喜欢你正常的装束，自然的吸引力。

在很多男人眼里，女人抽烟的形象，还是和"不正经"划等号的。

一口一个"TMD"、"NND"、满嘴脏话的女人，也会令男人反感。

很开放地在和男人第一次见面就邀请对方回家，太快的亲热表现也会吓怕对方。

刻意的豪放，会毁掉自己的形象。

男人会愿意和豪放女喝酒，交朋友，寻求一些刺激，但是，他们一定更愿意和温柔淑女谈恋爱的。

对自己来说，一次次的疲倦之后，还是会发现，做一个安静的女人最快乐。

笑比

哭好

告诉你一个真相吧！

尽管女人楚楚可怜、梨花带雨的样子很可爱。

但是，他们还是喜欢和快乐洒脱的女人在一起！

先来看一个男孩在网络上的求助帖：

"她的性格我现在有点受不了了！我和她谈了一年多，从认识的时候，就超级爱哭，看日剧经常哭得稀里哗啦……平时不管碰到个什么挫折或不高兴的，或者不小心擦破了点皮都会哭个半天。

上次跟她几个好朋友聚餐，她坐在餐桌上突然落泪，弄得她几个朋友以为我欺负她，手忙脚乱的安慰之后，她指着桌上的片皮鸭，说："突然觉得它好可怜啊，从来到这个世间就没有自由，最后还成为我们的食物……"让我们一群人无语。

我很爱她，可经常这样……说心里话，我也有点不耐烦了……"

再来看一个女孩在网上发的求助帖，标题很哀伤：

"他不要我了！"

分手的原因很简单：她每天下班，他都去地铁站接她，但是那天，他因为要在电脑前处理工作，事情烦琐，就忘记了。

这下可好，女孩觉得他不再像过去那么爱她了，就开始哭。

这一哭，就是一个小时。

哭够了，她就睡了。

但是第二天，男孩提出了分手。

他说：看你哭，我太心疼了！我不想看你哭，那样我会因为给你带来伤害而一直生活在自责里……

这样的分手理由，又让这个女孩在家里哭了整整一个星期。

这个女孩，把女人特有的温柔武器用过了！

她忘记了，有时候，眼泪是一种负担。

你第一次掉眼泪，他可能会疼惜地拥你入怀。

第十次，可能就不一样了。

告诉你一个真相吧！尽管女人楚楚可怜、梨花带雨的样子很可爱。但是，男人还是喜欢和快乐洒脱的女人在一起！

男人其实挺怕女人哭的。

有时候，女人掉眼泪，是希望男人能来哄一哄。

但有时候，越哄，眼泪越多。

他会彻底失去耐心。

谁也不愿意每天面对一双泪眼。每天工作那么累，回到家还要强打精神去哄你。

再说为了一点小事就哭。

就算哭，也要知道适可而止，不要动不动就天昏地暗，仿若末日降临。

这会让他害怕，怕你太依赖他。

要珍惜你的眼泪。

不要动不动把眼泪当成解决问题的方法。

哭有什么用呢？如果他真的如你所想象的那样不再爱你了。

　　两个人相爱，不就是为了开心地生活么？

　　两个人在一起，就努力为彼此营造一个轻松愉快的氛围。笑比哭好。

　　爱他，不就是要让他开心的吗？

　　要让他觉得，你和他在一起是幸福的。

　　别哭啦！

　　下一次，当你又鼻酸时，不妨停下来，告诉自己：先不哭，忍忍看？

　　你高兴的时候，他才高兴！

How to love you dear.

即便

确定他永远爱你，

也要经常打扮自己

无论什么时候，
女人花一点时间来让自己美丽，
还是会让男人动容的。

小心是我认识的一个漂亮女孩。刚来北京时，我们曾住过同一个公寓宿舍。

她有多漂亮呢？

有一天，我在宿舍睡懒觉，她起床骑车去上班，过了半个小时就回来了。我问她：怎么了？她说，她骑车走在路上，一辆车开到她身边，里面坐着个男的，一定要跟她要电话，她一路骑，那人一路跟着，最后她觉得很害怕，就骑回来了……

漂亮女孩在北京奋斗，怎么还是有一些优势的。比如聪明的小心，就从来不会苦恼找不到工作。也从来不担心会被工作单位炒掉。在不同的行业跳来跳去之后，这个姑娘终于搬离了我们合住的公寓，奔向她更广阔的人生。

过了几年以后，我和几个朋友在一个俱乐部玩，突然有人过来拍了一下我的肩膀。

我回头一看，原来是曾经一起吃苦的朋友小心啊！

我欣喜若狂，赶快拉她坐下来聊天。

你一言我一语中，我注意到她手上戴着一枚闪亮亮的钻戒。

于是话题很快转移到了她老公身上，如何巧遇，如何恋爱，如何步入婚姻……

在她的滔滔不绝中，我不能不注意到一个细节：

她，没有洗头！

过去，她一头齐耳短发，蓬蓬松松，光泽亮丽，充满朝气。

现在，头发长了，却蓬松不再，油亮亮地坍塌着。

这件小事，并不会影响到我们的久别重逢的喜悦。我仍然会为她找到了终身伴侣而高兴。

我只是暗自地希望，一纸婚约，不要让她身上的优点和美丽渐渐消失。

"你看我现在是不是比过去胖了？"她问我。

我看了看，点点头。

"结了婚，踏实了，真的是心宽体胖，能吃能睡，体重直线上升……嗨！管他呢，反正已经嫁出去了！"小心无所谓地说。

一个男人，在交往初期最看重的是你的外表，然后，他会关注你的内心和性格，如果他决定和你组建家庭，你的外表一定不是最重要的。这一点毋庸置疑。但是，不要因为这一点，就放松对自己的打理，不要让他觉得你结婚以后，就变得随便了，变懒了。

无论什么时候，女人花一点时间来让自己美丽，还是会让男人动容的。哪怕只是脱掉运动鞋换上了一双高跟鞋，或者抹了一点口红。你所为美丽做的一点点小事情，会让他随时感受到，你是一个女人，那个柔弱的、爱美的女人，并为你的改变而感到欣喜。

女人一旦处于感情稳定，就会有所松懈。

反正也不会被甩了，何必再那么辛苦打扮自己呢？她可能会这样想。

但是，想想，当他结束一天工作，回到家中。家里被你收拾得纤尘不染，充满了温馨香气，但是，你却头发油腻，穿着三天前的那件衣服，一身油烟味。他会不会觉得尴尬呢？他怎么和你亲热呢？

至少要保持头发的清洁吧，还要穿干净的内衣，清清爽爽的女人，会让人觉得心情愉快。

就算是冬天，也要把腋毛刮干净吧！

有时候，一点点邋遢的信号，也会让感情萎缩。

他也许不会在乎你是胖还是瘦，也不会在乎你的眼睛是大还是小，但是他一定会在意你是不是像个女人一样，从内心关爱和照顾自己。他不希望你因为他的存在，而忽略了自己的美丽。

两个人要长相厮守，就更不能懈怠。

当他和你一起出门时，他希望带一个光鲜亮丽的女人。哪怕在出门之前，他要忍受漫长的等待你打扮的时间。

当你察觉自己衣衫邋遢，开始变懒的时候，一定要有危机意识——人生到了危险的时候，女人！真不是危言耸听。

即便感觉他永远不会甩掉你，你也要随时重视穿着打扮，保持自己的活力和美丽、洁净和性感。

每天洗头，修修指甲，定期换新的内衣，买香水，保持自己的妩媚动人需要很多琐碎的工作，但这些事情不会浪费你的时间，你在干这些与美丽有关的事情时，他会觉得开心。当他发现镜子前多了一瓶新款香水时，他一定也会去欣赏它，并且和你一样，从内心感到高兴。这就是令人愉快的生活细节。

再舍不得，也会老去

谁让你变深刻?
谁能替你作答?

和一个阿姨聊天。

她说，过了 25 岁，时间可快了。不知不觉，我都 53 了。

我问她对时间有什么感受。

她说，别人不问不提，总觉得自己还年轻。但是一照镜子，就知道回不去了。

曾经我们飞扬跋扈，肆意漂泊，总觉得青春还长，想怎样怎样。曾经，我们做好多刻意而煽情的事情。

记得有一次，教训一个讥讽别人是"老女人"的朋友，说：

身为女人，你最不应该这样说，因为你的青春不是无限的。

How to love you dear.

总有一天，你也会成为你口中的"老女人"。

一不小心，时间就去哪儿了？

还没来得及珍惜的美好年华，去哪儿了？

谁让你变深刻？

谁能替你作答？

总有一天，你会突然发现，曾经院子里比自己小好多岁的孩子，都大学毕业了。

你会发现，就连办公室里最默默无闻的那个女孩，突然消失，去休产假了。

渐渐的，热闹的明星，都不是你感兴趣的。

你再也不是那个，能随便开始笑话别人是"老女人"的那个人了。

时间，从不等谁。

再舍不得，也会变老。

所以千万要珍惜。

要珍惜住你的时间，要保持率真笑容，把你所有美好的回忆都搜集起来。

就算有一天，沧桑爬上眼睛。你也能无悔地说，那些日子，我过好了。

How to love you

为了爱情，
瘦下来

或者，就只是为了自己。

dear.

瘦一点的人，总是要自信一些的。

瘦的人身上没有多余的肉可以"下垂"，所以看上去要年轻许多。

瘦的人照相也好看。

瘦的人，动作灵活。

不为了什么，就算为了让自己好看，能穿进中意的衣服，也要让自己瘦下来。

哪怕是一个人生活，也一定要让自己变得更美更好，无论是外表还是内在，千万不能自暴自弃。

不要再反反复复了！5年前的你就说减肥了，现在减下来了吗？可能只是越来越胖而已吧？

不坚定、懒惰、爱吃，造就了这么多减不掉的脂肪。

当爱情不在，只剩下伤害，又能挽留些什么？

必须要减肥了，不是为了谁，就只为了自己。必须要美丽到站在任何条件优秀的男生面前，都可以骄傲地抬起咱棱角分明的自信的脸！

现在做好了准备，将来遇见了心爱的人，要让他带我出去的时候，在朋友面前觉得有面子！

减肥谨记：

没有什么灵丹妙药，减肥永恒的法则就是：少吃多运动，坚持再坚持！

在家里贴上那些身材棒到极点，让自己都忍不住多看几眼的模特或者明星的照片，激励自己。

多去看别人的成功案例，找到自己减肥的信念。

每天晚上对着镜子照一张实时的照片，要看着自己一天天瘦下来。

善待眼前人

因为太被爱了，

所以不懂得珍惜别人的爱。

dear.

曾为了宣传新书，做了一个视频采访，访问了街头的很多人，话题是：遗憾。

一个年轻的理发师，一边拿着吹筒，一边说：我的遗憾，就是没有好好珍惜一个爱我的女人。

他说，那是个永远笑眯眯的女人，从不生气，把他宠到了天上。

那时，他们都很穷，生活过得风雨飘摇。但女孩子，把所有辛苦挣到的钱，都交给了他。

那时候，虽然艰苦，但是感受到的幸福，并不少。但是，男孩子的内心，总觉得自己还年轻，"没准下一个会更好"。

因为太被爱了，所以不懂得珍惜别人的爱。

他并没有善待她。

下了班，他会去和朋友喝酒，不接她的电话，很晚回家，发现她坐在胡同口焦急地等他。

然后他会发脾气，问她为什么不睡觉要坐到胡同口去。

她说，因为你没有接电话，又很晚了，我很担心。

你担心什么？你心里是不是巴不得我出点事？他语气很急躁，气势汹汹。

女孩不说话了。只是流泪。

第二天，女孩子要去拔牙，她的牙齿已经痛了好几天了。他忽略了她的疼痛。在她问他是否陪她去的时候，他迷迷糊糊地翻了个身，说：我再睡会，看牙是小事，你就自己去吧……

后来，女孩走了。

理发师才发现，自己落入了无限的空虚。

错过了，就永远不再回来。

"现在再也找不到像她那样好的了。"他对着镜头说。

追悔莫及。

"她是那样好一个人。我瞬间发现自己是个混蛋。但是，她已经走了……"

在一起，就有彼此的恩情。

请一定要好好善待他。

因为很多人，分开了，就再也不会重新在一起。

神经大条一点好吗？

女人。

dear.

你能不能不要那么敏感？

阿芬是 个演员。也许是职业的缘故,她也是 个敏感的女人,容易感到孤独,所以,每天老想着给男朋友发短信,打电话。

只有听见他的声音,心里才觉得踏实!

有时候,男朋友忙,没接到她的电话,或者接到了匆匆挂掉,她的心情就会突然变得很差!

有一次,她挂电话时,说了一声拜拜,但是没有听见男友的回应电话那边就传来了忙音,她一下就觉得难受了,马上打过去,说:你还没有跟我说"拜拜"呢!男友听她不高兴了,赶紧给她补上了两句"拜拜! 拜拜!",她马上高兴地把电话挂了。

但是,这种情况是遇到了她男朋友心情好的时候。

每个男人,都有低潮期,有不顺利和烦恼的时候,最直接的表现就是:不想说话。

这个时候,听见电话响了,不管是谁的来电,他都会很烦。

他宁愿跟你网上聊天,也不愿意张嘴说话。

但是阿芬不知道啊。

有一天,阿芬在外地拍戏,到了下午,她想,他是不是该吃饭了?就给男友打了一个电话。

谁知道,男友在电话里说:电话费那么贵! 你就是问我吃饭了没有吗? 我现在很忙,晚上网上聊吧!

电话挂掉以后,阿芬感到崩溃!

"电话费那么贵!"刺痛了她。

她那一瞬间觉得自己对他的关心还不如电话费呢!

好吧! 那我以后不打给你了! 她装作轻描淡写地给男友发了个

短信。

男友早已熟知她这一套，根本不理她。

这下，阿芬快要疯了！

她一气之下，把手机关了，决定直接"消失"。

她对自己说：阿芬，从现在开始，你要一直忍着，不准给他打电话，也不要去想他！你要做不到，你就是×××！

然后她就去和朋友玩，但是，玩得还是不开心。

她老想着把手机打开。

她最希望的是，他打过来，听见她关机了，就紧张啦！赶紧发短信或者来电道歉！

谁知道，他根本没打！

阿芬内心都要出血了，一个晚上没有睡好。感觉严重受了内伤。

第二天，男友来电话了，语气正常，仿佛什么事都没有发生一样。

经过一夜的折腾，这个时候的阿芬的想法已经从"再也不理他！"变成了："只要他再和我联系……"

她把昨天的心路历程给男友讲了一遍。

男友笑了：我昨天确实很忙，很烦，不想说话呀，除此之外，根本什么事都没有嘛！你至于因为这个就寻死觅活，还要和我分手吗？你能不能不要那么敏感，懒一点，懒得纠结，懒得计较行不行呢？

阿芬拿着电话，尽管他在批评她，她还是觉得很开心的！

在没有他之前，
你不也过着平静生活吗？

你感觉他和你在一起快乐吗？

有个女生写信给我，说她和一个男人恋爱了。但是，有一个让她很苦恼的现象，就是：他从不主动联系她。

他从不主动打电话，也不发短信，更不会发微信，或者在微博上给她留言什么的。

但是，如果她主动给她发短信的话，他还是会回应她的。只要她约他，他一定会出去。

"我恨透了这种冷暴力。"

"这样，就搞得我很贱一样……"

How to love you

dear.

对此，我问这个女孩的第一个问题是：

你感觉他和你在一起快乐吗？

如果答案是肯定的，那么，问题不大！

要注意，对有些男人来说，联系的频繁程度，和感情的深浅是没有关系的。

有好多男人，他们都喜欢自己待着。

如果他保持着自己的频率和你联系，而且在一起很开心的话，我觉得你应该适应这种恋爱的频率。两个人既相亲相爱，又保持着自己的时间空间，不腻不烦，挺好的。

当然，你可以试着不联系他，放下一个星期来看看。

自己该做什么做什么，不要在心里老想着他。

如果他在乎你，他会来找你。

不要害怕一晾晾过头。

如果他没有消息，那说明在他心里，你已经不重要了，那你也知道该怎么做了。

不爱了就是不爱了，再多想也没有用。

至于怎么忍住不联系他。

这是一个很难的事情。

关注其他的事情，忙自己的，平平静静的，不要恐慌，不要挠心挠墙。

只要抗过了一个晚上，就能扛过前三天，只要扛过了前三天，抗一个星期，就没有问题。

如果他发现，你突然有了自己的生活。

不再像过去那么依恋他，那么重视在乎他。

他也许会慌忙，会有所改变，知道主动来对你好。

在没有他之前，你不也有过自己的正常生活么？

就算分手，也只是回归正常而已。

这样想，就不会患得患失。

珍惜那不多的，
一个人的时间

在人群中，
即使你做得再好，
也会有人反对和不喜欢。

　　现在的人，往往喜欢把交往看做是一种能力，却忽略了和自己交往也是一种能力。

　　很多人最怕的就是自己面对自己，让他们和自己多待一会儿，对于他们说来简直是一种酷刑。只要闲下来，他们就必须找个地方消遣。这样的人表面上看着非常光鲜，生活丰富，其实内心极其空虚。

　　其实面对自己是人生中的美好时刻和美好体验，虽然有些寂寞，但是却有一种充实感。因为在独处的空间内，我们不再为了换取别人对自己的重

视和关怀而牺牲自己的需要再去满足别人的需要，我们已从别人和其他事物中抽身出来，回到了自己。

通过独处可以明白以他人的喜好来决定自己的行为是不行的，因为每个人看待事物的角度是不一样的。在人群中，即使你做的再好，也会有人反对和不喜欢。

在这匆忙得让你无法真正做自己的生活中，请珍惜和自己独处的时间吧！因为它是如此珍贵，只有在这样的时间里，你才能诚实地面对自己，才能有空安静地想一想自己要的是什么，在乎的究竟是什么。

通过一个人的时间，你会懂得，这世界上任何人都无法成全你，只有自己能成全自己，自己有必要自力更生。

通过一个人的时间，你会更加了解自己，你的梦想、你的目标、你的情感，都会很裸露地摆在你的眼前。

通过与一个人的时间，你会更勇敢，你不会再有恐惧、寂寞和孤独，你会更有勇气去面对那个最真实的你。你会变得平静和淡泊，你会放弃那些无所谓的纷争，然后变得心胸开阔。

How to love you dear.

只遗憾，
不埋怨

她放过了他，也放过了自己。

How to love you dear.

有朋友失恋了，我去看她，推开门，简直吓人一跳，衣衫不整，痛哭流涕，暴饮暴食，如果不是怕痛，恐怕就要割腕自杀了。

这时候，我静静地陪着她，没有和她一起痛骂负心汉，只是对她说了六个字："只遗憾，不埋怨。"

听了这六个字，朋友的心情好多了。也许真的就在她决定"不埋怨"的时候，她放了他，也放过了自己。

每个人都失恋过，我甚至认为人的一生至少该有一次失恋，忘了自己地爱一次，然后失去。失恋一次，就像上完了一个大学。

谁没有因为失恋而痛苦过呢？只是，当我们认为那份伤痛很重很重，但是，现在，一切都过去了，云淡风轻，你才发现，它原来很轻，很轻……

当你的眼泪快要流下来的时候，那就干脆痛哭一场，哭完之后，抬头看看广阔的天空，这片天空，和你恋爱之前是一样的，他的离去，并没有带走你的世界。

这个世界上，有人在等你，你不知道他是谁，错过这一个，真正的他还在等你，为了这个，你应该感到快乐。

所以，如果他走了，要感谢他，因为最美好的阶段已经经历过了，你们真诚的爱过，这是最重要的事情。

一个人的一生，可以爱上很多人的。

把失去的，留作回忆，向远去的，说声珍重。只遗憾，不埋怨。

他 真 的 在 乎 你 多 胖 吗？

如果他爱你，

他一定是希望

你把身体健康放在第一位的。

dear.

我在饭馆，听见旁边一对情侣的对话：

"你要吃点什么？"男。

"⋯⋯"女。

"又在想自己有多胖？你看看你，一点都不胖，刚刚好，不要想减肥了，吃！真搞不懂你们女的，瘦不拉几的有什么好看的⋯.."男的还没说完。

"老板，来两个大碗的卤煮，加两份大肠！"女孩子马上向老板招手了。

我坐在旁边，觉得这个女孩好可爱。

回过头去看她。

她真的一点都不胖！

可是，看看身边，随便挑 10 个女孩子出来，从 80 斤到 140 斤，每一个都觉得自己胖。

可能在她们的心里，只有那些苗条的女孩，才有资格称得上是漂亮？

怕胖的女孩子，还有个特点，就是穿什么衣服，都觉得自己不好看。

她们既喜欢照镜子，又不敢照镜子。

天天在吃还是不吃之间徘徊。

听见别人说："哎，你最近瘦了啊！"，心里总想："哼，虚伪，就知道说好听的给我！"

怕胖的女人对各种各样的减肥方法总是特别留心，热衷尝试。

去健身房办卡，总是前几个月去得勤，渐渐就荒废了。

在家跳"郑多燕健身操"，每天一身臭汗，但似乎效果不明显。

做瑜伽，普拉提，没一样坚持下来了。

吃减肥药，副作用把人折磨得睡不着觉。

去针灸，忍痛被扎得像一个稻草人，到头来还是要听针灸师说：要少吃！

去拔火罐，背上拔得像个七星瓢虫，还是听见美容师说：要少吃！

于是开始少吃吧！天天过得像兔子，掐着算着卡路里吃饭，男朋友这时开口了：你这样活着还有什么意思！

有时候，你尝试做一些事情来让自己更美，但却总是适得其反。

减肥过度的女人，总是精神不振，头发枯黄，两眼无神，性情大变，狂躁易怒。

更可怕的是，有的女人，怕胖又贪吃。每天都在和自己的内心打仗，那真是，精神和肉体的双重折磨。

你想要让自己显得更加漂亮，不一定非得要去减肥。

也许你是想要把自己最美的一面展现给你爱的人，但是，你想过没有：他真的在乎你有多胖吗？

真正爱你的人，是不会在乎你的体重的。正如他也不会在乎你是个飞机场，睡觉还老放屁。

如果他爱你，他一定是希望你把身体健康放在第一位的。他宁愿你是一个健康结实的"肥婆"，也不希望你是一个弱不禁风的纤弱美女。

如果你爱他，你也要下定决心，让自己活得健康。

不是说，找到了爱自己的人，就对自己没要求。

而是不要太在意胖瘦这件事了，每天都苦大仇深地对自己，纠结自己的腰围是不是又大了一毫米。

不要让它影响到你们的生活。

两个人一起吃吃喝喝是多么快乐的一件事啊！

而且，告诉你一个秘密，两个人感情好时，都会胖的——你说这怪谁呢？

情绪，是无法控制的。
但它能被管理。

How to love you dear.

好怕闹情绪

女人闹起情绪来的时候，真可怕！

突然就不高兴了！

莫名其妙发脾气。

管不住自己的大脑，控制不住地胡思乱想。

更管不住自己的嘴巴。

什么话难听说什么，完全刹不住车。

看见什么，听见什么都觉得别扭。

钻牛角尖，翻旧账，胡搅蛮缠，不讲道理。

冷着脸，面目可憎，无名火起，眉毛鼻子拧成一团。

其实她一边发火，一边心里也明白：我在闹情绪，他没有惹到我。

刚开始他还迁就一下你，后来，问题就大了……

情绪过后，觉得自己怎么这样？好讨厌！好后悔！

道歉，觉得他被自己折磨得好可怜。

恶语，伤人。

女人闹起情绪来的时候，像个泼妇一样，才不管那么多呢。

"我也明白是我不对，但就是控制不住。"

最怕的还有一种：你咆哮，吵闹，火烧眉毛。

他却一直不理。

憋到内伤！

情绪，是一种负能量。

它极大地影响着男人和女人的关系。

每次闹完情绪之后，两败俱伤。

情绪，是无法控制的。

但它能被管理。

首先，你要意识并接纳它的存在，不要逃离和回避它。

进一步，你可以探索自己在什么样的情况下，容易闹情绪。

当你意识到，情绪和压力有关，那么，你可以想办法为自己减压。

如果你察觉，情绪和长期积累的抑郁有关，那么你不妨去看一部悲伤的电影，痛哭一场，彻底释放！

当你再次想要闹情绪的时候。请尝试先深呼吸几次。

将心专注到呼吸上，而不是惹恼你的事情上。

停一停，情况也许就有所改变。

当你有意识地想去"调节"它的时候，负面情绪就会慢慢舒缓下来，渐渐消退。

情绪，是会永远存在的东西。

但如果你学会管理藏在身体里的，隐隐作祟的负能量，它就会变得柔顺，不再那样扰乱你的心。

How to love you

祝福

内心的善意

dear.

那个女孩真的很痛苦。几乎到了每天不能吃不能睡的地步。因为她和相恋五年的男友分手了。分手的原因是因为，他红了！

他们俩我都认识，在他穷困潦倒的时候，她是家境殷实的大学毕业生。她的父亲反对他们在一起，不止一次地到北京来想把她带回去。她每次都躲到我这里来，爱得热烈而坚决。

在那些因为躲避父亲而与我深夜聊天的日子里，我不止一次给她打气：他，是个有才的人，早晚会成大器，你只管耐心地等。

一对小小的恋人，住在北京的胡同里，冬天没有暖气，相拥着取暖。女孩努力工作，接活加班，就为了给他买一件足够御寒的羽绒外衣。而他一直都没有去上班，他喜欢音乐，喜欢写歌，他给她写了好多歌。

仿佛就在一夜之间，他就红了。他给她写的歌，被一个明星买去唱了，然后有电视台挖掘到了他们的故事，请他去演唱，请他们俩去做嘉宾。他们一遍又一遍被请去讲述这段本不起眼，却动人的爱情。

唱他们的歌的人，越来越多了。

那首歌，被很多人设置成了手机的铃声。

他还出了书，也是关于他们爱情的。

他有了商业演出。

终于，他们可以搬进有 24 小时热水的房子。

接下来，我想，该等着他俩的喜讯了吧。

谁知，却是分手的消息。

她说，他红了，就变了。

过去，他会在她下班的路上等她，回到家给她做饭，陪她看看电影聊天。现在，他的应酬太多了。每天都有人请他吃饭。

如果仅仅是忙碌，也没什么。重要的是，有一种东西，在慢慢的改变。他对她的关心，关注，再也不如从前。热烈变为冷漠，靠近变成疏离。

每天晚上，他都回来得很晚，如果她在卧室睡着了的话，他就会在沙发上睡到天亮。

每次演出完了，总有很多的女粉丝在门口等他。你知道的，有种女孩子，总是疯狂主动毫无顾忌的。当她第一次发现，他留下了女粉丝的电话，就质问了。他觉得她大题小做，由此，发生了一次严重的争吵。

他已经不太愿意再在媒体面前提起她了。有人问，他就会说，我们可以谈点别的，比如，我的新歌。

但他同样会在和她分手时，一再交代，短时间内，不要告诉任何人分手的消息。因为，他是因为这段感情，而火起来的。他不想让粉丝们失望。

为什么为什么为什么？她问了我十万个为什么。

那时你告诉我，他一定会好起来。

现在，我宁愿跟他过苦日子，也不愿意面临如此不堪的被抛弃。

我对她说，你没有被抛弃。只是，在你们之间，爱的本质变了。

我们不能不接受变化。再不甘心也没有办法。

人，总是有弱点的。

在他那些黑暗的日子里，你是他的珍宝，但当他冲破了黑暗，打开了那扇大门，你的光彩，就黯淡了。

有一种人，会珍视自己的过去，会珍惜每一个陪伴过他的老朋友。而有另外一种人，他永远想甩掉过去。

很抱歉，你遇见了后一种人。

当他红了，世界宽了，机会多了，他自然想活得更精彩一点。所以，他会想甩掉你。

他是人。

人会变。

这是你必须接受的宇宙真理。

你要想骂他人渣，我没有意见。

但是，我要对你说的是，如何让自己好过一点？

想想你们曾经相爱的日子，那么幸福，美好。忘不掉的那些，都好好记着吧。

那时候，他是真的。就好好记着他的真。

而那些最让你不甘心的，你对他的付出。你当时，是心甘情愿的，对不对，甚至，是不求回报的。

那么，就别怨恨了。你曾经是愿意的。

爱一个人，就是希望他好。

他现在好了，也是你的心愿达成。

告诉你一个秘诀吧。

我也曾和你一样，为别人付出，落得个不被人理解，背叛，甚至，被埋怨的地步。

那种内心扭曲而痛苦的感受，我真的感同身受。

但是后来，我为了让自己好受一点，我改变了一种想法——将对他人的怨恨，变成对他的祝福。

祝福。

只是这么一个小小的改变。

立马让我心里舒服多了。

内心足够宽阔强大的人，是能够完成这样的转变的。

没有谁能陪伴谁一辈子。能走过一段，已是福分。

不要再去把那些辜负，遗弃，背叛，挂在心上。只是真心地，祝他好吧。

今后的人生，可能再无交集了。

能听见他过得越来越好，总好过听见他遭遇不幸，不是吗？

因为懂得祝福。

即便受伤，也很容易复原。

重要的是，告别之后，走好自己将来的路。心里不带着任何怨恨地走下去。也是对自己最大的照顾。相信我，不带怨恨的女人，是平和美丽的。

做一个内心有善意，有力的女人，就能笑对这一切。

How to love you dear.

让过客过去

人的一生，会遇见太多的人，

你要感谢他们带给你的所有感受，

是他们让我们的人生不寂寞，

但你不能把每一个有所交集的人都带在身边。

晓雪对我说，她没想到，10年以后，她还会被阿伟所伤。

阿伟是她10年前的男朋友。

他们高中时，就认识了。他在北京读研究生，她就来北京找了份工作。两个人在一起很多年。

那时候，住和吃都很艰苦，每个星期最快乐的事情就是阿伟骑车带着她去学校的礼堂看电影。

晓雪大专毕业，阿伟劝她也考个研究生，但是晓雪觉得没必要，她一个女人，只要阿伟在她身边，一切都很好了！

她那样爱着阿伟，后来不小心怀孕了，阿伟陪着她去医院做了手术。

几年以后，阿伟爱上了单位的女同事，和晓雪分手了。

至少有两年时间，晓雪没有缓过劲来。

她发了疯似的工作，赚钱，然后去了国外念书。

在国外读完硕士之后，她回国，去了一家杂志社工作。

在一次写字楼的推广活动中，晓雪又和阿伟相遇了。

他们在咖啡厅坐了一会儿。

阿伟说，他和女同事结了婚，有了一个女儿，但是去年离婚了。女儿他带着。

他明显憔悴了，有了肚腩。再也不是那个在雪中骑自行车的少年。

晓雪很淡然，眼睛里也没有什么同情。她只是在那一刻原谅了他。

后来他们做回了朋友。

偶尔见个面，吃吃饭，聊聊近况。

阿伟后来创业，失败，找她借钱。她借了。

她后来恋爱，失恋。在深夜的时候，她打电话给他，他接了。

终于，在晓雪32岁的时候，她成功将自己嫁了出去。

婚礼那天她没有请阿伟。因为最近，阿伟几乎成了一个酒疯子。他的事业再次失败。他开始每天和酒在一起。喝多了，话特多。有时候还哭。她不希望在自己大喜的日子看到他这样。

阿伟其实也知道她结婚了，他要是想去，也没人反对。但是，他最近，真的手头紧，拿不出"份子钱"。他怕被晓雪的朋友们笑话。

婚后，他们很少联系。

一年以后，晓雪怀孕了。她真高兴！

听人说，有个传统，怀孕前三个月，不要把消息告诉别人，不然孩子不稳定。

但是晓雪还是忍不住把消息告诉了几个重要的朋友。

一个晚上，九点多，她打电话给阿伟，也告诉了他这件大事。

阿伟明显喝多了。他没有像其他朋友那样恭喜晓雪，而是说：

你小孩姓什么呀？你老公？我见过呀！是他的吗？

晓雪呆了。

阿伟继续胡言乱语：恭喜！恭喜！你终于可以有了就生，不用打下来了……

　　10 年以前伤痛的往事突然涌上来。晓雪简直不敢相信，阿伟会这样说话来刺伤她。

　　她愤怒地把电话挂了。

　　第二天，她来找我。仍是气愤难平。

　　她说：我真没想到，这个人是个人渣！说得出这样的话！

　　我只能安慰她：

　　你这么想，只能说明，你还没有把 10 年前的往事放下。其实，多么多年过去了，他对你来说，早已经是一个过客了……

　　10 几年前，你们相遇，然后分离。只是在人生的几年里，你们有过交集而已。

　　现在，你们已经走出去很远了，生活完全不同，你嫁了人，马上就要当妈妈。你应该原谅，忘记。好好地走眼前的路。阿伟对你来说，早就已经不重要了。你又何必在乎他跟你说什么呢？

　　人的一生，会遇见太多的人，你要感谢他们带给你的所有感受，是他们让我们的人生不寂寞，但你不能把每一个有所交集的人都带在身边。

　　你应该珍惜那些能给你快乐的，能陪你到终点的。

　　那些过客，你应该对他们微笑，然后，让他们过去。

看清了，请走开

dear.

我在国外念书的时候，有一个玩得挺好的日本女同学，她有一个韩国男朋友，两个人出双入对，十分亲密。

有一天，日本女生一个人出现在酒吧，神情落寞。我们问原因，她说，她男友爱上了另一个女生，不但坦白了，还找她商量。原话是这么说的：

"我真的挺喜欢那个女生的，我们可不可以暂时分手，我去追她，如果追不上，或者追上了谈一段时间恋爱分手了，我们两个再继续……"

她男友的话，让我们大跌眼镜。

但是更让我们想不到的是，这个日本女生，她，竟然，答应了！

我当时觉得这个女生好傻。

后来回国了，我又遇见一个这样的女孩子，才知道，原来傻女孩，哪里都有，不分国籍，不分年龄。

这个女孩子也是一样，发现男友出轨了。然后男友直接承认。不但承认了这一件，还把过去的都承认了。

这个世界上，

真正美好的感情，

不是由妥协组成的。

他并没有悔意。说，我不要你原谅，而是要你接受。

"因为男人出轨很正常！喜新厌旧，就是男人的本性！"

"因为看重你，所以才不隐瞒。因为我们已经计划结婚了，我也认定你了！所以，有些话，还是说在前面比较好。结婚后，我会好好对你，还有你的父母，会努力给你幸福。但是，有一件事情，我真的保证不了，那就是一辈子的忠诚！作为男人，我真的没法保证，将来，我也有可能还会出轨。但是，我会一辈子跟你在一起，绝不抛弃你，只要你能接受，我们就继续交往……"

男友的话，让她痛苦委屈，但又觉得他的坦白很"可贵"，似乎有点道理。

"哪个男人不花心呢？"她不知道该怎么办，就把几个闺蜜召到一起商议。

"更何况，我跟他在一起四年多了，从25岁到29岁，最宝贵的青春给了他。我马上就30了，分手以后，还能找到更好的吗？……"

闺蜜们都很气愤，没一个支持她的。

"真是霸王条款！"

"这样的男人，连骗你都懒得骗了！你还要？"

"你被这个坏男人洗脑了，你知道吗？"

不管怎么样，恋人之间，总要彼此尊重吧！

说得出这样的话，只能说明他根本不爱你，也不珍惜你。

他知道自己"吃定你了"，才敢这么放肆！

你的委曲求全，他根本不会在意！

你不能因为你的年龄逐渐有了压力，就让这个男人无论做什么，都得到原谅。

他内心确认了你是懦弱的，是容易被洗脑的，才敢这么对你说。

这个世界上，真正美好的感情，不是由妥协组成的。

爱，是需要自我约束和信守承诺的。

他做事，说话，完全不顾及你的感受。

这样的男人，根本不值得去付出和等待。

你难道没有自己的爱情观吗？

如果你同意了他的观点，他将来只会更加肆无忌惮。

至于"哪个男人不花心呢？"这个问题。不管你信不信，还真有不花心的男人！只是你的世界太小，还没有遇见过而已。

这世界上，也真有隐忍丈夫出轨的女人，一个又一个，一年又一年，就这样傻傻地熬到了老。美其名曰"为了孩子"，却不想成年的孩子在某一个情绪崩溃的夜晚，冲他们大喊：我受够了！你们为什么不早离婚！

现在，他就已经不在乎你的感受了。结婚以后，你年老色衰，他会怎么对你？

结婚，重要的是"找对人"，而不是"早早结"。

幸好，这番话，他在婚前说了出来。

你的妥协，就是完全放弃了自我，完全丢弃恋爱中属于你的主动性。你完全进入对方操控的世界，那么你未来的生活，可能只有一个字组成，那就是"忍"！

人生，好多事情，要对得起自己，就不要凑合。尤其是婚姻。

结婚的目的，是要幸福和快乐，而不是无怨和无悔。对吗？

已经耗了 4 年在这样错误的人身上了。

姑娘，赶快及时止损。离开他，去找更好的。

不要害怕分手，这世上，谁缺了谁都能活。

太多比他优秀的男人了，你和他在一起，根本没时间去遇到而已。

看清了，该放手，就要放手。

下次恋爱，找一个重视你，珍惜你，对你好，愿意陪你细水长流的人。

How to love you dear.

那 些 前 任 教 给 我 的 事

在你没伤够之前，
是无法全身而退的。

　　首先感谢那谁，那谁，和那谁，教
会了我打保龄球、教会了我游泳，一
起去旅行，领略了更大的世界。还有
那谁，带我认识了几个朋友，虽然和
他分手很少联系了，但这些朋友，却
一直还在。

我现在生活得很幸福，最应该感谢的，就是前任。因为曾经锋芒毕露地爱过，伤筋动骨地哭过，所以，现在的我，懂得了怎样温柔地对待自己的爱人。

1_ 前任教会了我，你要找到一个好男人，自己必须要先修炼成一个好女人。不管怎么样，你得先爱自己。

2_ 凡是因为孤独而找来的爱情，都是苦涩的。

3_ 如果因为他对你的爱，而骄横惯纵，早晚有你后悔的一天。

4_ 别把自己的生活，想象成童话。你不是公主，他也不是王子。童话里都是骗人的。

5_ 正确的人，不是那么容易遇见的。即便不小心爱上个把人渣，你也要坦然接受。

6_ 失恋了，再悲伤，也不要颓废，更不要自残自虐，除了父母，没有人会心疼你。而你又怎么忍心让他们为你担心？

7_ 如果他要分手，如果他说不爱了。不管怎么失望，怎么痛苦，不要去求他。求他是没用的。不是对的人，会有一万个原因让你们分开。是那个对的人，一万个理由，也拆不散你们。

8_ 你受不了分手，是因为已经习惯，而习惯是可以改变的。"再也不会爱了"这样的话，很幼稚。

9_ 在你没伤够之前，是无法全身而退的

10_ 别总是要承诺，想听永恒的誓言。有比这更傻的吗？理智的爱，是：既做好跟你白头到老的准备，又接受爱是不稳定的真理。

11_ 前任告诉我，男人都是野生动物，喜欢自由。若要爱他，

就得接受，别试图去改变他。

12_ 前任教会我：你的小性子，只对爱你的人管用。两个人要长久，少动不动就生气，男人没什么耐性的。

13_ 爱是包容。是信任。是完全自愿的忠诚。真爱一个人，是不会时刻怀疑对方的。

14_ 爱不是牺牲。不是改变自己去迎合。不是一味的付出。若爱得失去了自我，离分离就很近了。

15_ 越是激烈的爱，越燃烧得快。爱不是每天几十个电话和短信。能找到那个喜欢跟你聊天的人，就已经很不错了。

16_ 如果爱，请认真对待。别认识不到一个月就追着要承诺，守住珍惜眼前的幸福，承诺真的不重要，该来早晚会来的。

17_ 不要因为他对你好，就迷失了自己。明天他可能会变。年轻的女孩，爱上了，就容易依赖。你一依赖，他就想跑。改掉这个毛病，需要好多年。

18_ 在没开始谈婚论嫁之前，不要带对方去见自己的父母。不然老人家会开始惦记。

19_ 当你们最终成为两条路上的人，他的一举一动，他的喜怒哀乐，甚至，他再爱谁，你根本不会在意了。

20_ 遇见真心关爱你的人，务必要珍惜。

年轻时，我对爱，有太多的幻想和定义。寻找，等待，去爱，受伤，去爱，失望，去爱，绝望，再去爱……

后来才知道，爱，不是他们说的那样。

它可能就是午夜的一次聊天，胃疼时的一杯热水，伤心时的一个拥抱。

不是那么激烈，不是那么浪漫。

感谢这些前任教给我的事。因为他们的离开，因为这些领悟，我知道了怎样做一个更好的人，怎样心怀感激地过好眼前。

分手以后

How to love you

没有不舍，
也没有不甘。

———————
dear.

我妹比我坚强。

分手后，她没有流过泪。

我很担心她，怕她不会善待自己，所以经常去她的微博上看，却没有看到晦涩的文字。

没有不舍，也没有不甘。

那人走了以后，她一个人住大大的房子，但她把那里收拾得比过去更简单洁净。

她搬到了有大窗户的房间去睡，那里每天有长时间的阳光。

他曾捡回一个好看的树根，在上面刻上了她的名字。原来放在柜子上，现在还在那里。我问她为什么没有收起来。她淡淡地说，这树根挺好看的，就放那里吧。

她买了新的自行车，骑车上班，骑车下班，在下了大雪的夜晚，步行回家，用手机拍下橘色灯光下，冰雪上一个人的脚印。

她会在每晚，在空间里放一首歌。那些歌都非常好听，让人能安然入眠。

她偶尔也会熬夜，看喜欢的电影，但不忘同时给自己敷上一张补水的面膜。

每天早晨起来，给自己做早餐，同样也是听着音乐，她会拍摄清晨第一缕透过窗帘的阳光，还有在窗前枝头跳跃的小鸟。还有一夜之间突然又长高的植物，她把它们都拍下来，放在自己的空间里。

她给自己买书，买新衣服。

她的朋友多了起来，周末去骑行。春天的时候，去爬华山，盛夏，去看青海湖的油菜花。

必然有脆弱的时刻，她会敲一段文字鼓励自己。那些文字，让我看了以后，觉得安心。

从来没有听她埋怨过那个离她而去的人，当我心中又一次忿忿不平，痛骂那小子的时候，她只是沉默不语。

她对我说，现在，可以完全支配自己的时间，赚到的钱自己花。想去哪里玩可以说走就走，再不需要为情所困，为另一个人考虑太多。一个人，其实也挺好。

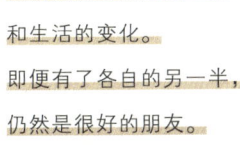

How to love you dear.

我们见证彼此的成长，

和生活的变化。

即便有了各自的另一半，

仍然是很好的朋友。

男女纯友谊

有人说，男女之间的纯友谊只可能存在于女方或男方很丑的情况下。

这个观点，我是坚决不同意的。

我和 L 和 G，就是很好的朋友，他们两个，都是男性。

而且我觉得我们三个都不丑。

我们仨在一次旅行中相识。

刚开始，谁也没有跑上去说，喂；某某，交个朋友吧！

是自然而然地成了朋友。

自然而然地保持了联系。

自然而然地每年都在联系……

朋友，只要感觉对了，还管什么年龄和性别。

我们好到无话不说。

在我们都还是单身的那些年，他们来北京找我。在我的咖啡馆门口，摆一张小桌。要几盘烤串，喝冰冻的啤酒。吃，喝，玩，乐，谈生活，谈理想。酒逢知己千杯少。喝醉了，就弹琴唱歌，胡闹起来，G抱着路边的电线杆子跳钢管舞的样子，至今还在我脑海里……

那一段时间，因为恋爱不顺，我情绪波动很大。还好有这么两个朋友对我说：没事！将来你要是嫁不出去，就来跟我们过……听他们这么一说，心里就好过一些。

那时候我们都还单身，虽然各在一个城市，但是在网络上约好了去哪里耍，时间一对，说出发，就出发了。

我们去香格里拉，包了一辆车去看梅里雪山，去雨崩。

我有高原反应，他们一路照顾我。经过两天的跋涉，终于到了世外桃源雨崩村。

那个晴好的下午，我在雪山脚下盖着毯子睡着了，他们去看神瀑。

不知睡了多久，我在一阵清香中醒来，发现他们给我摘回来好多野花。

有一年，我带他们回乡，在遥远的大山里的县城，我请他们吃家乡的凉粉和玉米饭，参观我读过的小学。山上的彝胞在路边卖还带着蜂蜡的蜜，他们买了一些带回家去，获得家人很高的赞赏。

能带自己要好的朋友，去从小生长的地方看一看，有一种很特别的幸福感。

只是从县城回来的路上，我生了一场大病。眼睛烧得红红的，像个兔子。正好又赶上我过生日。他们俩跑出去给我买了一小盒蛋糕，在旅馆里给我过生日。南方的冬天没有暖气，我们三个人都盖在同一个被子里，分享那块蛋糕。我额头上顶块湿毛巾和他们俩聊天，什么都聊，他们丝毫不怕我的病毒会传染。

一个多雨的夏天，我和 G 去青岛看 L。

我们住的酒店，晚上能听见大片的蛙叫。

看大海，吃海鲜，喝啤酒，每天都撑得不行，笑个不停。

我们在大雨中开车去很远的渔村。午夜，雨停了，我们赤脚走向退潮的沙滩，海水退出去很远，白雾弥漫，海的尽头，隐约有一个月亮。那是梦境一般的回忆，我只记得我们三人都被那景致迷住了，忍不住地往前走去……我在想，如果我们一直往前走，会怎么样？会消失在雾里吗？G 突然念了一句："小舟从此逝，沧海寄余生……"

好朋友在一起，总是会留下一个又一个这样难忘的记忆。

两年后，我们又去过一次青岛，是参加 L 的婚礼。

L 的太太是个很优秀的女人。她知道我们的关系，还和 L 来北京找过我耍。

他们的家里没有电视机。有很多的书。还有一只猫。

在他们家里，L 说想到北京上一个半年制的编剧班。我开玩笑问她太太是否放心。他太太说：如果他住你那里，我就放心！

男女纯友谊，是真的存在的。

心无杂念地在一起玩耍、聊天，相互倾述和分享。可以完全地说出自己的想法，不需要隐瞒什么东西。

也曾吵架，但时间不会太长，把话说开，很快就能彼此谅解。

我们发自内心希望看着对方幸福。心里完全没有醋意地鼓励对方去恋爱，为他做恋爱路上的军师。

我们见证彼此的成长，和生活的变化。

即便有了各自的另一半，仍然是很好的朋友。

今年 4 月，我们不知不觉已认识 7 年。

生活最大的变化就是，相聚的时间越来越少了。

在最近几年，我们都相继失去了父亲。

总有一些回不去的时光，和要面对的人生。

L 结婚了。

我也结婚了。

G 还在北京和各地奔忙。

那种潇洒来去的日子，一下变得奢侈。

后来 L 有了孩子。

我的孩子也马上要出生了。

我们的联系就更少了。

时不时，大家会在微信里聊上几句，回忆起那些快乐相聚的时光，心里总是温暖的。

将来，可能会更忙。

但我内心坚信，友谊，是不会变淡的。总有一天，我们还会再相聚。

好朋友，是一辈子的相知相惜。

PART 2

Fall in love, easily & freely.

温暖又
无负担的相爱

How to love you

PART 2

Fall in love_____ dear.

easily & freely.

如果你喜欢一个男人，
要相信自己配得上他

一个内心不相信自己的女人，
即便建立了恋爱关系，
也会在这段关系中，
处于不平等状态。

dear.

要相信，你能得到的，都是你有资格拥有的。

如果你喜欢一个男人，你一定要相信自己配得上他。

这是你们平等恋爱的最大前提。

但是，生活中，总是能看到一些不自信的女孩子，缺乏自我的价值感，软弱，悲观，既想拥有美好的东西，又战战兢兢，惶恐不安。

这样的女孩子总是在无助中彷徨。

她遇见了一个令自己心动的男人，对方已经给了她一张名片。

但她总是拿着名片，看了又看，一再哀叹。

她内心已经迫不及待了。

但是，她内心深处，有个声音在对她说：他太优秀，也许你配不上他。也许，他给你名片，只是为了礼貌，或者为了工作需要。

她宁愿说服自己，说自己配不上他，也不愿意鼓起勇气打一个电话。

女人，有时候，会太相信自己的直觉。

而直觉，经常会出错。

而那个男人，其实也在等她的电话。不敢贸然去追她。

一个内心不相信自己的女人，即便建立了恋爱关系，也会在这段关系中，处于不平等状态。

她觉得他比自己优秀好多。

她会处处讨好，放低自己。

这样的结果，只会让他变得骄傲，越发不珍惜她。

所以，不管你是谁，一定要相信自己，配得上一个优秀男人的爱。

这不是想入非非。

上天是公平的。

你能得到的，就是你应得的。

赶快去争取。

赶快去珍惜。

女人不要做怨妇

抱怨总是在不知不觉中开始的。

每一天，

无数句抱怨的话都会从我们的口中说出，

而大多数时候，

我们都意识不到自己是在抱怨。

dear.

结婚以后，我和先生都不忌讳谈到彼此过去的男女朋友。

我说前些年，我差一点就结婚了。当时和那个男友感情真的很好，很合得来。双方父母也很满意……

那为什么没结呢？

因为……当时，我是个怨妇。

哈！怨妇？

对。怨妇，用四个词来总结就是：心存不满，脸色难看，出言带怨，喋喋不休。——不过，当时，他并没有点明说我是个怨妇才跟我分手的，他只婉转地说"你性格再好点就好了"。

"怨妇"这个词，是我们因为"性格问题"分手后，我自己总结出来的。

当我们分开了，我自己回头再看在一起的那几年，就非常清晰地看见，我是如何对自己，对生活，对他，心存不满的。

现在想起来，那是一段在巨大的负能量下的生活。跟他在一起，话题永远是无止尽的抱怨，从办公室，到家，到超市，到大街上，我遇到的，都是糟糕的情况。我跟他说这些，目的是为了倾倒情绪垃圾，然而，我说完以后，并没有轻松，反而更加地暴躁、低落。

对感情，也是这样。我总是对他不满，常常上一秒钟还好好的，下一秒就因为他的一句话而不高兴。

负面情绪是有毒的，它还有一种奇妙的功能，就是让人上瘾，沉迷其中，恶性循环。我经常把他带到"沟"里去，他经常受我影响，变得郁闷不堪，抱怨，吞噬了我们本应该快乐的时间。所以，最终，我们分手了。

那一年，我27岁。

失恋非常痛苦，就像戛然切断了一段漫长而伤心的旅程。

难过的原因，是不舍。舍不得那些过去的时光。

尽管很痛，但我必须要回头去看，去想，是什么让我失败？是什么让我不舍，却必须放下和离开？

答案很残酷：

我们分手了，不是因为他变了，而是因为我不够好！

所以，从想明白的那一天起，我就对自己说：
你，从今往后，永远不要做怨妇！

做出这样的决定，真是让我有重获美好世界之感！

抱怨，总是在不知不觉中开始的。

每一天，无数句抱怨的话都会从我们的口中说出，而大多数时候，我们都意识不到自己是在抱怨。

但是，如果你身边有爱抱怨的朋友，你会清楚地体察到，那是一个浑身带着负面情绪的人。她的身上似乎总是被乌云所笼罩，好像很少快乐。

而且，很多人，花了太多的时间去抱怨，而没有去做一件，能改变现状的事情。

我们的抱怨，大部分都是废话，不会有什么作用。

负面的话，会给自己和身边的人，留下负面的印象，因此，它们反馈回来的，也是更多的难题。如果一个女人嘴上总是挂着负面的，埋怨的话，那她会很难从不如意中走出来。

脱离怨妇，有几个途径。

一是，感恩。

二是，体察。

三是，制止。

四，少操闲心。

感恩，就是多想想自己拥有的，少去纠结那些得不到，做不到的。面对不如意，不公平的时候，心放宽一点，过分的愤怒和纠结对事情没有任何帮助。不要总觉得自己付出得多，得到的少。看事情，不要永远看到糟糕的一面，天塌不下来！可以一笑而过的事情，就一笑了之吧！

体察，就是对自己细微的观察和检视。这是对自己的掌控，关注到自己的言行。当你感觉到生活不是你所希望的那样的时候，当你的"受害者"心态浮现上来的时候，当你对负面的东西，没有接纳之心的时候，你都要随时警醒：抱怨来了！

制止，就是不要做一个"允许"自己抱怨的女人。

要不允许！

感到委屈的时候，要学会自我平衡。看不惯别人的时候，要学会接纳。当你说话带着情绪的时候，要想一想，我这样，会不会影响别人的心情？

对自己严格一点。一有察觉，马上制止。

少操闲心。就是管好自己的事就行了。远离身边那些一肚子怨言的人，尽量和那些正能量的，能用幽默来化解生活不如意，懂得自嘲的人在一起。

女人，大气一点。就能活得滋润。活得舒坦。

这些年，我真是越发体会到这句话的含义：

"你的心境，就是你的整个世界。"

当我们改变心情，改变语言的时候，也是在改善我们的命运。

男人害怕悲情女人

生活已经够辛苦了，

为什么还要折腾不休？

dear.

女人比男人喜欢看悲剧。

我一直在建议身边的女朋友，要少看那种让人哭死的电影和电视剧。更不要沉迷在悲情的作品里。

因为看多了，你会不知不觉变成一个悲情女人。

女人的内心，天生是有悲情情结的。

悲剧看多了，就会有无法解开的心结。

不管遇见好事还是坏事，她总是用悲情的眼光来看待。

悲情的女人内心渴望恋爱，一旦有了对象，就会不由自主地如电视剧女主角一样陷入疯狂。

"我的恋爱，一定要轰轰烈烈，一定要惊天动地！"

一定要像一场戏剧一样，高低起伏，充满争执和冲突，然后还有和好的美妙瞬间。

如果人平淡，那么就主动来制造波澜，制造考验，制造烦恼，制造磨难。

先如胶似漆，再撕心裂肺，最后生死离别。

心不伤，不罢休。

不把那个男人逼出眼泪，不罢休。

不吵吵闹闹，不分手两次以上再复合，不把双方虐待到极致，不停止。

只有疯狂，才让她觉得安心。

她一边流泪，一边感到满意。

但是，那个经历着"重重考验"的男人，是否已经开始打退堂鼓了。

恋爱是为了什么？

不就是为了两个人更快乐的生活吗？

生活已经够辛苦了。

为什么还要如此折腾不休呢？

最好的恋爱，不是惊天动地，要死要活。

而是细水长流，心有灵犀。

相互安静地陪伴，少波澜，少曲折。

享受彼此带来的宁静和美好。

一颗脆弱而敏感的心，要因为对方的存在而变得坚强，而不是绞尽心思，搞得大家都不快乐。

女孩，别犯傻

你到底想怎样？

身边一个女孩的男朋友跟别人跑了，她天天在微信上要死不活的。

那天来我家耍，我问她是因为什么事。

她说，我又犯傻了。但我很难控制。

因为太爱他了，所以一分钟不在一起，都要胡思乱想。有一天，他男友下班没按时回来，她打电话过去，不接，再打，还是不接，再打，再打，再打，一连打了十几个，终于接了。他声音有些不快，说，在和朋友聚会，KTV 里很吵，所以没听见。她因为长时间拨打电话，火气已经堆砌到极点，拿着电话，完全有点控制不住，说了好多"你要是心里有我，就不会 10 分钟不看电话一眼……"这样的话，全然不顾对方也有些不快了，后来，她提出了一个要求，要他此刻，马上，拍一张和朋友在 KTV 的合影，好证明确实在唱歌……

她男友把电话挂了。

就是这样。

我叹一口气，说，是啊，你又犯傻了！

女孩子，恋爱时，真的很容易犯傻。

一不小心，就把自己当电视剧女主角，甜的时候，甜得要死，剩余的时间，无中生有，疑神疑鬼，爱吃醋，一点小事儿就牵动情绪。很傻。

天天粘着，喜欢被人哄，但是怎么哄，也哄不好。让他心中大喊：你到底想怎样？

要求相爱的人，每天必须打十个电话。要求对方随时随地都要接听你的电话，接通多响半分钟接都要生气。

经常要求看对方手机。一吵架就要跳楼，吃安眠药。摔东西。

动不动就要和他绝交，恶狠狠地删掉手机通信录，绝交完了过不了多久，又把人输进去。真是傻。

专门注册一个QQ号，去找他的前女友聊天。把自己心里聊得酸得不行，还不能让男友知道自己这么做了，但说话又味道不对劲，让男友摸不着头脑……

如果有一个人，对你很好，很害怕你生气。你一生气他就精神紧张，慌乱无措，想尽办法哄你开心，但你却不依不饶，越闹越厉害，想从中得到他更多的示弱和关心。那你真的很傻，因为很快，这个很爱你的人，会觉得力不从心，会在一次次哄不好你之后，觉得自己很失败。如果有一天，当他对你说，我很累的时候，你就快要失去他了。

等你快要失去了，再去撒娇讨好，晚了！

和一个傻女孩谈恋爱，真的很辛苦。分手以后，别人不知道有多轻松！

本就不应该
爱到尘埃里

dear.

微信里有个女人在求助。说她的老公跟人跑了，而她这个时候已经身怀六甲。

她在短文里历数自己对他的好。

他的工资，都是他一个人在用，她的钱，用来养家，还要不定期给他的父母。家里的大小事情他从来不用管，就连换灯泡都是她来解决。什么事情都是他说了算。他累了，给他按摩。他烦了，自己退到一边去，给他空间。他的手机，她从来不看。他出门去，从来不需要解释去了哪里。

她不明白，为什么自己对他这么好，让他做了一个天下最舒服的男人，他却会突然留下一封信，说找到了人生的真爱，然后就甩手而去。

你对他太好，

他会渐渐忘记你的重要，

忽视你的美好，

他反而会觉得生活缺少点什么，

于是从这个缺口里望出去，

他总想寻找点什么。

有一个人给她留了言。

他说：就是因为你对他太好了，爱到了尘埃里。爱得像一个奴隶，所以他才离开你。

最好的两人关系，应该是伴侣。

相互做伴，互相补足，一起前行。而不是一方享受，一方牺牲。

因为喜欢而倾慕对方，是自然而然的事情，但同时，你也是独立的，也是优秀的，要不怎么能配得上他呢，你不应该把自己放低，放低到失去信心。

你满怀自信地与他一起生活，一起分享，既了解自己的不完美，也懂得对方的不完美，很多事情，可以一起去做，而不要一味地自己去奉献，这条爱情之路，才能越走越长。

不然，你对他太好，他会渐渐忘记你的重要，忽视你的美好，他反而会觉得生活缺少点什么，于是从这个缺口里望出去，他总想寻找点什么。

爱，不应该只出力，不用心。

所以，当你埋怨自己付出太多的时候，请想想，自己是否真的用对了心？

共同享有，共同承担，一起追求，彼此包容和欣赏。才是最好的相爱。

还要让他有对你好的机会。

而不是像佣人一样为他效劳。他不会因此而感激你的。如果你时不时再把自己对他的好挂在嘴上，他说不定会更加烦你！

还好，每个人都是在痛哭之后学会成长。

什么时候明白，都不算晚。

这不，最近她和我们的联系少了。微博里也出现了另一个人的痕迹。

一场新的恋情，肯定已经开始了！

曾经我也是大龄剩女

你心里要十分确信，也许你天生不漂亮，
肥胖，土气，胆小，懦弱，家境一般。
哪怕所有的缺点都占尽了，
但是，总会有人，就喜欢这样的你。

大龄剩女，从来都是不知不觉当上的。

也不知道是哪一年时候起，走在路上开始很少听见有人对我吹口哨了。我就知道，坏了，大龄剩女的时代来了。

一旦意识到这个，焦虑，就开始慢慢如影随形。

虽然自己假装坚强，努力掩饰，老说，我不着急！或者说，我现在挺好的呀！但是，临近30岁不结婚，连房东太太看我的眼神都不一样！有一次，交完房租后通电话，她还劝我呢。我嘴犟：没事，阿姨，我现在一个人过得好着呢！

但其实呢，那天晚上，电脑里放《寂寞在唱歌》那首歌，听到"该怎样让它停呢，"这一句，我就想哭。

　　孤独，从来就是一个人的事情，它是那样深刻。它在心中蚕食出一个大洞，无论你做什么，都不舒服。

　　在2000多万人的城市，有时会强烈的感觉很需要一个拥抱什么的。我记得，有一次，站在地铁里，不小心被人撞了一下，那人为了稳住我，伸出臂膀扶住了我。到了地面赶紧给朋友打电话悲哀地"道喜"：这恐怕是这两个月来，第一次有人碰我……

　　也不是没恋爱过。恋爱过好几次，各种失败和伤心。

　　幸福，是那么遥不可及。

　　寻找一份真正的爱情，太不容易！——当然，这也可能因为那个时候，我自己也说不清楚什么是真正的爱情。

　　很多人都喜欢这样安慰单身女人说，耐心等等啊……真命天子会来的啊……一切命中注定啊……我到后来，根本就不信了！街上那么多优秀的女人，凭什么馅饼会掉下来砸到我呢？

　　抱着这样的心态，有一段时间，我越来越宅。又懒又宅。

　　头发从来清汤挂面，要么就一根皮筋揪起来捆住。

　　我只喜欢穿T恤或者麻布衣服，为了舒服，有时候晚上出去散步，都懒得穿BRA。

　　偶尔也化妆去上班。但是老画不好，用再好的睫毛膏也晕，不到半天就变熊猫眼。有一天我心血来潮给自己打了点腮红，一个同事踱步走过我办公室，突然退回几步，探头问我：你今天被谁打了？

我人受打击。心情低落。只好去找吃的。把信誓旦旦要减肥的事情又抛在脑后了。心情不好就吃，吃了就胖，胖了就心情不好，心情不好就吃的恶性循环。

就这样，肥胖，抽烟，喝酒。糊里糊涂地过了好多年。更可怕的是，似乎渐渐习惯了一个人的生活，真要有个人冷不丁出现，还有些不适应……刚开始是麻木，后来是绝望。

是真的绝望了。

当我听到我妈有一年对我说，我帮你领养一个孩子吧，我帮你带着，等你老了，不至于孤苦无依。我知道，连我的家人都绝望了。

在这本书里，我不止一次地提到一个很深刻的人生体会，就是，往往最最绝望的时候，就会有转机。

绝望到顶点之后。

柳暗花明又一村。

2009 年，我终于遇见了他。

也没有抱着结婚的态度去恋爱，反正觉得在一起挺轻松快乐，就那么走下来了。

2011 年，我们去办结婚证那天，当民政厅工作人员往我们的户口本"婚姻状况"一栏"铛铛"敲上两枚"已婚"章的时候，我感觉我们两个都轻微地颤抖了一下。回去的路上，他坐车里说，没想到我也有今天。这也是我的心里话。

现在，时不时就有单身的女朋友打电话来诉苦。

她们所说的每一点，我都感同身受。

我总是告诉她们：

1_ 不要放弃。

要永远有去改变的意愿，愿意去尝试，去寻找。

不要相信命中注定。是要相信爱情本身。

不管曾经有多少人伤害过你，欺骗过你，离开过你，就认为男人都是拈花惹草。不求稳定的。跟不要把"天下没一个好男人"这样的话挂在嘴上，这样很蠢。

当那个人真正的来和你相遇的时候，你会衷心地俯身感谢那些欺骗你，离开你的人。

少去看那些迷惑人的电影。不然你会很容易失望。要相信生活中那些坚实的爱情。永远不要失去希望。

该等待等待，该去相亲去相亲，该注册世纪佳缘百合网默契网，就去注册。不要抵触别人给你介绍，就算成功的概率会很小，但是管它呢，去了才知道。

不要太宅。天天宅在家里，你永远只能与冰箱和电脑过。

找到一个可以共度一生的人，哪有那么容易？

人生就是这样，只要不放弃，总是有希望的。

2_ 你要在心里明确：你想要的是一个什么样的男人，谁是那个对的人？

你要知道自己想要什么东西，你才会得到那个东西。

讨去，对干恋爱我从来不缺勇气，只缺少智慧。缺少智慧的表现之一，就是根本不知道自己想要的是什么样的人。

我曾经因为感觉一对，就爱得不顾一切，心疯头晕，失去了理智，最后把人吓跑了。这样不明确的乱撞，只会让你信心受损，更加不再相信爱情。

知道自己想要什么样的男人，你的耐心等待，就会有方向。

记住一个重要法则：

无论自己有多渴望摆脱单身，都不要凑合，更不要委曲求全。

不要觉得过了 30 岁就紧张了，不要因为年龄带来的生育压力而随便找人结婚。

前不久，我有个 36 岁的朋友生了小孩，一切都很好，还是顺产哦。她告诉我，现在，产房里孕妇，都是 35 岁左右的，都很顺利啊！

3_ 坚持做自己

我 20 多岁的时候，经常犯一种傻，叫迎合男人。

为了爱情，去迎合他，改变自己。那只会让他更加骄傲。

我也曾假装大气，故作潇洒。只为把对方吸引住。但是，洒脱和放肆之间，只有一厘米的距离，却很难把握。更何况他们都喜欢温柔的。

这样很傻，做自己就好了。

不要急躁，要有耐心。坚持做自己。

机会来时，一定要自信。

你心里要十分确信，也许你天生不漂亮，肥胖，土气，胆小，懦弱，家境一般。哪怕所有的缺点都占尽了，但是，总会有人，就喜欢这样的你。

我很难想象一个自卑心态下的女人，如何去收获爱情。

如果你不自信，那么，真正适合你的人来了，你会惊慌失措。把握不住。

4_ 在单身的日子里。积极地生活。

女人压力一大，思维容易混乱。要努力让自己清醒。说话要过过大脑。不要太焦虑。

在单身的日子里，要积极地生活。

保持锻炼，健康作息。

一个男人，喜欢一个女人，总是有原因的。

首先，你得健康吧！

还要学会处理自己的负面情绪。不要老在 MSN，QQ，微博签名档写下黑暗的文字。更不要总是发布心情阴晴不定，抱怨诅咒的信息。

热了，就去有空调的书店吹吹风。

冷了，就买件大衣把自己裹住。

要聪明。要能理解人。真心地关怀身边的朋友，做一个有亲切感的女人。

健康，向上，美好。对生活报以热情。

不要做作，不要毒舌，看什么都不顺眼。不要老是说脏话，错把口无遮拦当心直口快。

克制购物欲，不要因为单身，就乱花钱。

不要用文艺来包装自己，跟人约会的时候动不动就谈安妮、张悬、欧洲文艺片。除非你想嫁一个文艺男，不然，还是过起正常日子来。

5_ 最后，遇到合适的就嫁了吧。

把自己看得太低，把别人看得太高。把自己看得太高，把别人看得太低。都会让你错过好男人。

不要自己一米六都不要，就要求别人一米八以上，人家开辆十几万的车就看不上，如果这是人家自己奋斗来的，你还愁将来吗？挑肥拣瘦的结果，就是被人家挑，所以，遇到合适的，就嫁了吧！下一个，不一定怎么样。

这世界上真的没有完美的伴侣，合适，就是最好的。

平凡的人，收获平凡的幸福就好。

你要相信，
你的勇敢，
有可能换来一场奇遇

说出来，至少不遗憾。

dear.

在属于年轻人的烦恼里，至少有一半和情感有关。情感的问题，无非是：我爱他，他不爱我。他爱我，我不爱他。我爱他，他变了。他没变，我变了。爱上一个不该爱的人。或是，爱上一个人，他却不知道……

暗恋，恐怕是其中最酸涩的体验了。

我在十七岁的时候，就经历过一次。

那时我在一个寒冷的小城读师范。

那个学校全是老式的，灰色的建筑，四季都有风，而且冷。所以，每天心情都很压抑，不容易快乐起来。

他是学校的"吉他王子"，走路有潇洒的步调，走到哪里都有女生的目光追随。

我们相识在团委的活动，活动做完了，他建议我买一个吉他，说："学吉他，可以让人开心。"

于是我花了半个月生活费，买了一把吉他，开始跟他学习。

一起坐在学校的草地上弹琴，真的很开心。

我当然是喜欢他的，因为每天睡觉前，都会想到他。每天早晨睁开眼，也会想到他。

但我不敢说。

因为他们传言，他和校花在谈恋爱，那个女孩皮肤很白，穿得很好看，待人总是冷冰冰的，这更让男生们疯狂了。

他教会我弹唱的第一首歌是《昨天今天》：

"是谁遇见谁，是谁爱上谁，我们早已说不清。是谁离开谁，是谁想着谁，你曾经给我安慰……"

我每次唱这个歌，心里都特别酸。

因为我已经决定不向他告白了。

三年时间很快过去。

我没想到，离校的那天，他会来送我。

离开小城的班车是凌晨6点半。

凌晨6点，校门还没开，我们坐在值班室一盏微弱的灯下等门卫起床。

他坐在我的行李箱上，弹着我的琴。

我知道，这一走，各自分配到遥远的地方，将来有可能永远不会再见面了。

有那么一两秒钟，我差点说出来了：其实我喜欢了你三年！

但，话从嘴里出来，却变成了故意做成不经意的：你毕业了，和那XXX怎么办？

XXX，就是校花。

他弹着琴，头也没抬：他们胡说的，我根本就没有和她谈过恋爱……

门卫拎着钥匙出来了。

我们根本来不及多说什么。

他把我送到车站。向我挥手。

车在晨雾中开出了县城，我才流下了眼泪。

他凌晨六点来送我，我却最后连"再见"也没说……

｜几年过去了，真的就从此失去了联系。

后来的恋爱，快意恩仇，再也没有暗恋过谁。

今天再想起他，我甚至有些想不清他的样子，我只能回忆起那天早晨的风的味道，他坐在行李箱上弹琴的身影，还有那盏在风中摇晃的，微弱得不能再微弱的灯。

正是有了这段酸涩的暗恋记忆。在后来的日子里，我要是遇见了陷入暗恋的好友，总会鼓励他们大胆表白：说出来，至少不遗憾。

2006 年，我在国外念书的时候，隔壁住了一个杭州的姑娘琴，她喜欢上了同校的同样来自中国的一个男生磊。

她用手机拍下了那个男孩子在校园的身影，每天早晨起来，就躺在床上大喊：磊磊磊，我好喜欢你啊！～～～

我对她说：你躺在床上喊有什么用？你告诉他呀！

她很没信心地说：人家是富二代，喜欢他的人那么多，他根本就不会喜欢我……

我说：你怎么这么不自信呢？怎么就配不上他啦？

她说：我的感觉是这样。

我说：万一你的感觉是错的呢？

半年以后，机会来了。

那个男生约了我们几个好友去苏格兰玩。由于各种原因，其他几个都在临行前退出了。只剩下两男两女。

我觉得是个机会，就把旅行计划告诉了琴。然后自己退出。让琴和他们一起去。

出发的前一天下午，琴敷着面膜，坐在房间里刮腿毛。她买了漂亮的新裙子，要穿着去旅行。

我饶有兴致地在旁边看她把热蜡敷在腿上，然后盖上蜡纸，冷掉过后一撕！琴泪水迸发！龇牙咧嘴。腿马上变得红彤彤的……

受这份罪不就是为了能更漂亮地跟喜欢的人见面吗？

可是你喜欢的人，知道你喜欢他吗？

我摇摇头感叹说：你这次出去，要是不跟他表个白，对不起你这双受罪的腿！

几天以后，他们回来了。

她一回来就笑嘻嘻的。说她跟他表白了。在到苏格兰的第二天，傍晚，在青旅的咖啡馆里。

他们好像就这样开始谈起了恋爱了哦！

本以为，这只是异国他乡的一场解脱寂寞的相遇。

让人想不到的是。

三年后，他们一起回国，并且结婚了。

现在，儿子已经好几岁了。

你要相信自己，你的勇敢，有可能换来一场奇遇。

何不说出来，把一切交给缘分。

一般来说，不会有女生因为另一个人喜欢自己而不高兴。年轻的时候，有人喜欢，是一件多么幸福的事情，你不用犹豫，你是在做一件让人幸福的事。向男人表白，就更要容易得多。

表白之后，必然有一个结果。这个结果有会让你失望的风险，但是，也有会让你欣喜的可能。说不定，还有更多的奇迹发生。

如果你真的不敢说，那说明你还不够喜欢他！

表白，不是过错，但是选择远远看着，可能永远错过。

如果被拒绝，至少你知道了他的态度，心里石块落地，顺其自然做个朋友也行啊。

不要让将来去想"如果当时"，这是一种傻傻的遗憾。

在能够爱的年龄，有人让你心动，有人让你欲言又止，也是美好的。

表白的时候，可能会心慌，可能会气短，可能会不知所措。但是，这是一种多么特殊的感受啊！让它来吧！爱情这个东西，不是每个年龄段都会有的，你何不敞开心扉，坦荡荡地拥抱它！

对爱情越渴望的女人，
越得不到爱

寻求一份真爱，

其实你需要做的，

只是一切举止发自内心。

dear.

因为女人太爱幻想了。

那些爱看韩剧的女人，其实是幸福感最低的。

她总是希望白马王子从天而降。然而，幸福是需要等的。

没有哪个女孩可以一觉醒来，绝配就出现了。大多数女人都是经过了寻寻觅觅，伤感痛苦，寂寞冒险，吃尽苦中苦之后，才找到那份真爱。

而你天天发疯似地想找个人来爱，释放出"快来爱我吧"的信号，男人一定会快闪为妙！

如果你喜欢上一个人，为了引起他的注意，而滔滔不绝，刻意做作，你这种急切，其实暴露的是自己没有信心。

还有一种，是"自认无好命"。

明明一切 OK，却对自己的优点认识不足，自卑、矜持。身上全是"我不太好，不要来追我"的错误信号。你这样，你喜欢的人，怎么会来自讨无趣呢？

自信而甜美的女人，会用整个气场告诉他：我准备好了，我值得你爱。

对爱情越渴望的女人，把男人抓得越紧。她总是害怕，有一天，他将会离她而去。

所以，恋爱的过程，也是紧绷的。他就是她生活的全部，嫉妒，不安全感，害怕，失眠，神经过敏。

男人是需要自由的，他非常害怕束缚，当你紧抓着不放时，他会窒息。一个快要窒息的人，能陪你多长时间呢？

寻求一份真爱，其实你需要做的，只是一切举止发自内心。不要没有爱情，就活不了。

要养成一个人能快乐过日子的习惯，把自己变成他需要的那种女人。要让他觉得，认识了你以后，生活更加美好和快乐了，从这个方向走，绝对有效。

"好老公"什么时候来？

在你找好老公的同时，

他其实也在寻找你。

为了不让你们之间错位，

你一定要付出十分的努力。

---

dear.

太多女孩子问了，"好老公"在哪里？

也有人在感叹，找个好人嫁了，比考学位，找工作难多了！

我曾经也在心里发出无数次这样的疑问。

"好的男人，早被抢光了！"不止一个人这样对我说。

后来我才知道，这个世界上，其实好男人大把存在。

你没遇见，只是时机未到。

只要你"能遇到好男人"的时机到了，你就会轻松地遇见他。

但这个时机什么时候才能来呢？你怎么知道时机到了呢？

首先，你的内心，要有一个准确的愿望——"我要找一个好老公"。

有的女孩子，大大咧咧，作为一副无所谓的样子。就如我过去，一直觉得婚姻是很遥远的事，觉得一个人过得挺好的，干吗要结婚呀?! 因为脑子里是这么想的，所以身上透露出的，也是这种信息。那么，能跟我靠近的男人，都知道我不想找老公，于是都来跟我当哥们儿啦!

现在，我可不认为女人保持独身就是好了。婚姻给女人带来的踏实感和幸福感非常重要。

婚姻，能给女人带来安全和快乐。让女人的人生更加饱满生动。

只有你确实想要一个婚姻了，那个温柔体贴，有责任心有担当的好老公才会来。

当你自我完善到了一个阶段的时候，他就来了。

当你把自己修炼"成熟"了，

成熟 = 宽容、懂事、倾听、温柔、会照顾人。

你还会发现，很多小女孩期间要求的条件，都不是最重要的了，你把你的条件"放宽"了。

他不一定要比你学历高，不一定要比你会挣钱，不一定要有车有房，不一定要有一份什么样什么样的工作。

这些具体的条件，都不重要，你不是需要一个人养活，而去嫁人的。

你看重的，是他这个人，能不能成为你的灵魂伴侣，一个 soul mate。懂你，爱你，疼你，理解你，尊重你，对你好。

你真的知道自己想要什么了，他就会来了。

你想要的，不再需要任何人的认可。也不会因为别人的否定而动摇。

你要的，是一个能进入你感情世界的人。朝九晚五后，能陪陪你，见过外面形形色色的人，不需要在他面前伪装的。携手奋斗，柴米油盐，无话不说，相互分享和照顾的人。

而不是有钱人。

当你懂得照顾自己，懂得照顾身边的人。他就会来了。

因为你积极地把自己变成一个值得爱的女人。活得精彩，另一个人也会想来和你一起精彩。你懂事，体贴大度，善解人意。他觉得自在，舒服。

你再也不是一个整天围着男友转的女生。

你的幸福和快乐，不是他带来的。而是你自带幸福感，他是来和你一起分享，一起更加幸福的。

当你让自己变得有趣。每天都过得挺开心的。那个人，很快就会来了。

谁不愿意和开心的人在一起呢？

当你让自己的三观终于走上正轨，有自己的爱好，梦想和追求。

全身正能量，不抱怨，不说别人坏话，认认真真做人，踏踏头头做事的时候。他就来了。

当你把性格修炼到一定的程度。善良，尊重他人，有礼貌，有一个好性格，身上处处散发出女性的温和。他就来了。

当你扩大交际以后，坚决不宅，走出去，积极地投入生活，有自己的朋友，让大家都愿意跟你玩儿的时候，他就来了。

当你的朋友多了，有好吃的好玩的，他们会介绍给你。有什么好书好电影，他们也会介绍给你。身边有好男人，自然也会介绍给你啦！

在你找好老公的同时，他其实也在寻找你。为了不让你们之间错位，你一定要付出十分的努力。

相遇之后，好好过日子。

拿出真心，大大方方去爱。

记得珍惜，共享一份安安稳稳的生活。

找一个
正能量的人来爱

那天来了一个老朋友，说起她的前男友。

她说，早分了。如果没分，还不知道现在过的是啥日子呢！

我回想了一下，那个男孩，个子不高，衣着朴素，眼神忧郁，整个人身上，有着哲学家一样的深沉气质。

她说，刚开始，就喜欢他这种忧郁。后来，发现这种忧郁的代名词，就是孤僻，悲观，极不成熟。

"他很阴郁，消极，看到下雨就恨不得流泪，就抑郁。搞得别人看了他也心情不好。喝一点酒就发疯。心里总像装了很多很多的事，每天在网上和网友聊天，吐露心声，能聊到半夜。他总是谈起过去的感情，似乎想告诉我，他现在阴郁的性格就是受过往影响造成的，所以我应该好好地爱他，不要再伤害他。"

"对，伤害，他总觉得这个世界是残忍的，别人都想伤害他。太情绪化，太容易崩溃。"

我问："那后来咋分的？"

> 是的，找爱人，
> 应该找阳光的，快乐的，积极向上的。

　　她说："刚开始，我也想过改变他，若能改造，就改造，改造不了，就分。但是，你知道，要改变一个人，真的挺难的……后来有一天，也是一个阴天，我陪他去路边吃烤肉串，他告诉老板，不要放孜然。但是那家生意很好，老板一忙起来就忘了，端上来的肉串，放上了孜然。他突然就爆发了，把盘子掀在了地上，站起来，愤愤地，像演说一样大喊：这他妈是个什么世界，连个羊肉串都跟我作对！……我当时都惊呆了，简直无地自容，当时的想法，就是分！马上分！"

　　然后就分了。

　　是的，找爱人，应该找阳光的，快乐的，积极向上的。阴郁的人，固然有他们的魅力，但是，颓废是一个黑洞，能把你深深吸进去。

　　最可怕的是，当你们太容易沉浸在负面情绪中不能自拔。你们会视对方为知己，惺惺相惜，继续陷落，沉浸在两个人的负面世界，完全看不见窗外的阳光。还傻乎乎地以为你的包容和忍受，就是真爱。却不知，他的黑暗，在吞噬你的生命。

　　一定要找一个正能量的爱人。
　　遇见了负能量的，分手要趁早。

珍惜那个为你
捡起头发丝的男人

——
dear.

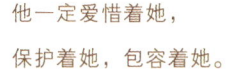

他一定爱惜着她，
保护着她，包容着她。

　　小荣来看我，多年未见，她还是几年前的容颜，只是身边多了一个乖巧可爱的女儿。

　　我惊讶的是，她离过一次婚，女儿，是和后一任先生生的。

　　但在她身上，看不到任何离婚带来的伤痕，她仍然是安静而甜美的。说话很慢，带着幽默，笑起来很好看。我想，她一定重新嫁了一个好男人。

　　小荣的前夫我也见过，是一个帅气阳光的男孩子，年纪和她差不多，是一个企业的高管。当年他们结婚的时候，我们都大赞男才女貌，天生一对。没想到没几年，就离了。

我问小荣为什么离婚。

小荣笑笑说，太多原因了……可能我们结婚的时候都太年轻吧。都对彼此要求太高，不懂得什么叫包容。虽然也努力调整，但是，还是做不到让对方觉得满意。这样的婚姻，总是摩擦不断，过得闹心。

就因为这个？

是啊！比如说，我头发长，每天，他都会在浴室里埋怨我的头发洗澡后堵住了下水道口。有时候，我在镜子前梳头，掉一根头发在洗手池里忘记了收拾，他也会唠叨个不停，埋怨不断。似乎我犯了一个天大的错误……

啊？！那确实……

是啊！我现在的老公就不会。看见了地上的头发，他把它们捡起来扔进垃圾桶就是。这根本就不是个事儿！

后来，她的先生来接她，我见到了，符合我的想象。年纪比她大好几岁，看上去宽厚沉稳。一见他，就知道为什么小荣身上没有太多岁月的痕迹了。他一定爱惜着她，保护着她，包容着她。

做女人，遇见一个成熟的男人，远比遇见一个成功的男人更重要。

如果你遇见一个人，他对你温暖，慷慨，豁达，负责任，有担当，包容你的任性，你的很多小缺点，他看在眼里，从不说你，你应该珍惜他。

孩子般单纯地爱着

她爱着一个满脸胡须的男人。

只要说起他，她就笑，连心都在微笑。

她从不索取太多。

她说他是个好人，说自己能生活在一个好人身边，就满足了。

这样多好，像孩子般单纯的爱着。

而很多人觉得感情困顿难行，感觉被心牢绑住。

那牢房，是自己建立的。

要求太多，怨恨自生。

爱得死去活来并不值得推崇，越爱越计较，越爱越恐惧。

这样的爱，到最后失去了自己。

如果你爱一个人，你和他在一起，渐渐感觉不到自己了，请一定要及时调整，不然，你会被他一点点地压倒，困住，最终失去美好的世界。

如果你爱一个人，你和他在一起，

渐渐感觉不到自己了，

请一定要及时调整，

不然，你会被他一点点地压倒，

困住，最终失去美好的世界。

而这个像孩子一般的女人，过得好抒情，骨子里头有阳光。

她给对方自由生活。是不多心的，从不知道去调查什么的。他说什么都相信的。

不玩深沉，从不把两个人的关系，往痛苦深刻里整。

她对他说话，从不刻意说好听的，只说真心话。或者，什么都不说，就这么待着就挺好。

而他轻轻一句，就令她心花怒放。

就算对方无意招惹了他，始终亲切友好，从不轻易说放弃。

像小孩子那样。简单，阳光。

每当想起她，总是很感叹：

爱要坦荡荡，还要很善良，更要很单纯。

追求一份深沉的爱

理想的爱人，

不会让你为他而改变，

让你永远做自己。

今天朋友给我讲了这样一个故事：

一个女的，和男友恋爱三年，天天给他做饭煲汤。但是有一天，她生病了，没有胃口，就让男友去给她买米粉，指明要吃某一条街上的那家。

她男友出了门以后，看见附近就有卖米粉的，一想，那条街还远着呢！就在附近买了粉提回家。

姑娘吃了米粉，泪水涟涟，淡淡的对男友说了声谢谢，然后提出分手。

男友承认了没去远处买粉，但是他不理解：就因为这个？

对，就因为这个！

讲这个故事的朋友是个女的，显然，她也被这个故事打动了。她略有些激动地说：有些小事，真的很小，但就是足以看清一个人！

我笑了，说：言重了！言重了！那只说明他们爱得不够深。

当两个人有一份深沉的爱的时候，米粉是在哪里买的，这个问题，一定不足以拿来谈分手！

而这位故事的女主人公，分手以后，将来无论跟什么人在一起，最爱的，还是她自己。

朋友还不服气，还气呼呼地说：难道你忽略了她的付出？

我说：爱不就是付出吗？

但我后来不跟她争了。

因为，可能她追求的是一份公平的爱。

而我追求一份深沉的爱。

方向不同，没有对错。

我只来说说深沉的爱。

真正美好的感情，是温暖又无负担的。

一份成熟的爱，只会发生在两个温和，宽厚的人身上。

他们独特而沉稳，理性而克制。

爱对方，仅是因为他是他。

两个人懂得给彼此空间，让对方按照他自己的想法生活。他认为怎么样生活好，OK，那就这样去生活吧！已经没有太多的准则和要求。

没必要追求相同，没必要让他懂得自己的每一个心意。

一份深沉的爱，一定会尊重他和自己不一样的愿望和选择。也欣然接受对方和自己截然不同的生活习惯。

就算出现矛盾，也总有调解的办法。

两个人，彼此照顾，共同分享。

促进对方成长和成熟，更加完善。

投入。

倾听。

责任。

诚实。

付出。

有时，甚至会有牺牲。

而不单单是凭感觉了。

爱不是消耗，是补充。

不好的爱人，会消耗你。时间，精力，财产。

这样的爱情，由怨气和恐惧构成。越是爱得死去活来，越是无法呼吸。

消耗的爱，一点点将你蚕食，你会发现过去那个自己不见了，你爱得失去了自己。

理想的爱人，不会让你为他而改变，让你永远做自己。

好的爱人，相互补充，让你升值。

一起生活，相濡以沫，一起为将来奋斗，一起拥有更好的未来。

爱是自由的。

爱也是有风险的。

我们，得有勇气面对将来的懒惰和衰退。

刚开始忘乎所以的，最后一定很难始终如一。

平淡而专注。才是持久的。

深沉的爱绝不是一时的冲动。它不是短暂的，而是通过深思熟虑之后，决定爱你长久的意愿。

我所理解的爱情就是：
两个人，
没那么多事儿地
一起生活下去

你要想过好日子，

自己就要是一个开心的人。

自带安全感。

这样，他和你在一起，才会也开心，放心。

dear.

今年初，我的小说在中信出版社出版，同一个月，中信还有一本不错的书同时上市，那本书，有一个非常好的书名，叫《30 岁以后再结婚》。

后来和朋友聚会，我说，哎呀，有人把我想写的书给写了！说的就是这本。

有时候，身边有二十六七岁的女性朋友抱怨单身生活，我会对她们说，还早啦，赶快多多谈恋爱，结婚的事情，30 岁以后再说吧！

为什么要等到 30 岁？

因为，那个时候，你才会真正懂得，"爱情"，其实就是自愿的忠诚。"婚姻"，其实就是，两个人，好好过日子。

而且，只有到了那个时候，你才真正地能有一颗安定的心，去做到。

举个最简单的例子。

我 30 岁以前，和男友吵架，三天一次小的，七天一次大的。伤心欲绝，声嘶力竭，吵到最后，头晕脑涨，脾肺空虚，一点劲都没有了。

30 岁以后，半年吵一次架。而且只要冲突一开始，我们都学会了各自先走开。冷静下来再说。

两个人，决定了要好好过日子，就会主动地，去做那些积极的事情，控制和避免负面的事情发生。

过日子，首先，要拿出诚意来。

跟你过，这事儿就这么定了！

和他过完下辈子的决心总得有吧！

收起各自飘忽好色浪荡不靠谱的心，绝不能再这山看着那山高。

对彼此负起责任。

心里有对方。

说话要算数。

喜爱他，还要尊重他。

你了解他。通过他，你也更了解自己。

爱他，心甘情愿多为他付出。不要总是习惯被人爱。

两个人，在一起创造生活。

彼此关心，体贴。

善待双方的父母。

一起养孩子。

和另外一个人在一起生活。有了一个小窝。

窝里要舒服。清洁。温暖而安全。

男人，要负责修修补补，换灯泡。

女人要擦擦，洗洗，换换。养花种草。

让每一天，走回家里，心情都是轻松愉快的。

房间不管大小，都有各自独立的空间。

大部分时间，都是各干各的事情。不可能天天腻歪在一起。

过好日子，还要接受差异。

两个完全不同的人，曾各自生活了二三十年以后，走到了一起。

有时候，两个人的矛盾，只是因为他不是你而已。

那不是他的错。

是你，不能斤斤计较。

你喜欢吃酸，也要接受他喜欢吃辣。

你喜欢去海边旅行，也可以陪他去爬山。

你不可能要求他白分百读懂你的心。

以我自己的生活经验来看，男人，有时候是很笨的。有些时候，你需要什么，你要告诉他。不要等，不要怨，说出来就行了。

找一个伴侣，最重要的就是快乐。

没有哪个男人，愿意找个女人，把他折腾得生不如死。

谁也不愿意和一个怨妇一起生活。

你要想过好日子，自己就要是一个开心的人。自带安全感。这样，他和你在一起，才会也开心，放心。

我外出不在家的时候，根本不用担心家里的地会不会脏啦，他会不会没有饭吃啊。会不会晚睡啊。放心，他能照顾自己，生活得很好。

他出门的时候，也是如此。因为我已经独自生活了好多年，他不在的时候，我也能过得不错。

我们也不设定规则来约束对方：你必须晚上两点前就睡，每个星期天必须陪我去逛街。周三的晚上是打游戏的日子。等等。

生活怎么轻松怎么来。

自带安全感，还包括：不担心，不怀疑。充分地信任对方，出现了问题，说出来商量。

要过好日子，一定要努力做到情绪稳定。

情绪稳定，是关系长久的关键！

不要作。

女人，最容易情绪不稳。太敏感，太聪明，太爱较真。受不得一点委屈。所以，有时候就显得"心大"的女人最可爱。心宽的女人温和，简单，有同情心。还容易知足。

情绪化的女人。动不动就脸色大变，怒上心头。面目狰狞。不良情绪也很容易传染给别人。大多数错误都是情绪激动时犯的．

在工作中，因为上司的批评，一生气就不想干了

但是，婚姻里，千万别动不动就提拉锅散伙。

不要因为一点小事就气得不行。

克制自己，其实非常难。

一旦决定，和一个人生活到老，就要义无反顾地去尝试做到。

动不动就提分手，最伤人。

要重视和照顾彼此的健康。监督对方不要做有损健康的事情，毕竟，两个人，要走过一生。

我 20 多岁时，希望的爱情是波澜起伏，惊天动地的。

现在，我所理解的爱情，就是，两个人没那么多事儿地一起生活下去。

当两个人，轻松愉快地过完一年，就能轻松愉快地过十年。当十年很快过去，我们就继续过到老。

爱很简单。

就是这样。

乐观积极的态度，可以传染给他

男人更喜欢和乐观大气的女人在一起。

How to love you dear.

两个选择。

当他工作不顺，回来向你诉苦的时候，你是：

1_ 也开始向他诉说你工作的不顺，怎么被同事欺诈，上班路上多么不爽，上司多么苛刻，看，我比你还惨，以让他好受一些。但最后的结果可能是，你也被他带得郁闷了。

2_ 告诉他"你担心的事情可能不会发生"，"其实这些都是鸡毛蒜皮的小事，明天你就不这么看了"，"老板对你咆哮，你就当耳边风就是了"……

不同的选择，得到的效果是不一样的。

有的女人，天生就是乐天派，她自己就从来不把一些小事当作事，所以，她的烦恼很少，即便遭遇了无常，她也不会特别失望。

如果你是一个积极向上的人，你的另一半也一定会被你传染。

乐观的女人，往往拥有健康心态，说话也总是带着正能量：

1_ "喂！朋友，活得轻松一点！别把烦恼太当真！"

2_ "这又不是世界末日……"

3_ "这事儿会很快过去的……"

4_ "谢谢你!"

在我二十出头的时候,我很羡慕那些乐观的女人,她们总是很潇洒,走到哪里都像披着一身明亮的阳光,我也一直在努力向她们靠近。

我看了很多书,也看了很多人物访谈,我尝试模仿,不断审视和挑战自己。

这两年我逐渐懂得了:做自己很重要!

要保持自己天生的好奇心,这是探寻这个世界的动力之源。

用一颗真心对待别人,真诚地注视,大大方方地说话,诚实的笑容,结实的拥抱。

不断去尝试,做所有想做的事情,看看会怎么样,也很重要。

你经历得越多,就越能敞开胸怀,拥抱所有的可能性,用宽阔的眼光看待事物。遇到不喜欢的人和事,如果它不能改变,就改变自己,接受它。

女人,由于天性使然,难免娇气造作。相对来说,男人更喜欢和乐观大气的女人在一起,因为他会感到特别舒坦自在。

你的乐观态度,会传染给他。

你们并肩走在一起,都挺胸抬头,脚步轻快,用愉快的声调说话,心情也不错!

两个乐观积极的人生活在一起,会幸福感加倍的。每一天,都在感受生命的美好。因为你们乐观地看世界,世界也在愉快地回应你们!

言传身教，让他对你好

如果你有什么需求，
一定要清楚地说出来。

要想让他对你好，你要先对他好。

男人有时候是很迟钝的，他明明很爱你，但却不知道该如何对你好。

这时候，你不应该埋怨，更应该庆幸，他不是那种从女人中走过来的娴熟老手。

比如，在每个月的那几天，有些迟钝的男人就不知道该怎么照顾你，因为他过去没有照顾过啊！所以，你要告诉他：我不舒服，请你给我烫个热水袋，或者煲一锅红糖水。

其实，他是很乐意也很享受为你做这些的。

只要做了第一次以后，下个月，他就会主动来关心你，照顾你了！

要注意，如果你有什么需求，一定要清楚地说出来。

男人对女人的"话里有话"是最猜不透的。

如果你想让他做饭给你吃，你要先做给他吃，让他体会到两个人一起吃饭的温暖气氛。然后你再说：什么时候让我尝尝你的手艺呀！

如果你长期坐电脑前，很需要人按按脖子，你可以先给他按，然后再换过来。

很多事情，只要做一次，他就懂了。

比如，你不开心的时候，很需要他来和你聊聊天，哄哄你。

但是有的男人会以为你不开心想自己待着。

这是男人和女人的差异，但很多女人就会在这个时候抓狂，发火，最后让男人莫名其妙，甚至跟你吵起来。

其实你只需要对他说一声：你陪我聊聊呗。

先做朋友，再做爱人

真正伟大的友谊是经得起考验的。
爱情，却脆弱无比。

——

dear.

　　我搬到这个小城市来住以后，渐渐有了自己的朋友圈和固定的好友。我们经常相约去某个朋友家做饭，或者去酒吧看演出。

　　我发现，不管是在大城市，还是小城市，都有一个现象，就是，男人出来玩，都不爱带自己的女朋友或者老婆。问他为什么不带，他会说：她有事，或，她要带小孩。有的干脆直言：不带她！带她出来就不好玩了！

　　但有一对情侣，小赵和小叶，他们不一样，总是成双成对出现，跟大家玩得高兴！他们从来不当众起腻，最多说到开心处，小赵举起拳头，往小叶肩膀上捶一拳！

　　大家走的时候，小叶最喜欢把手搭在小赵肩上，两个人说说笑笑，就像哥们一样并肩前行，那种亲密感，真是比手拉手要深厚多了！

有时候，大家聊起一些流氓的话题，男友小叶总是跟着大家津津乐道，我们都感到紧张，使眼色给他，意思是：你女朋友在呢！

小叶看小赵一样，轻轻说了一句：没事。

小赵也跟我聊过，她说，他们的关系，就是朋友那样的。

她说：有时候，我真的感觉他就是我的好哥们。这样的感觉，让我们能放下好多伪装和紧张的东西，我们什么都能对对方说，而不用担心他会不会小气。我们惺惺相惜，又保持分寸，有些事情，如果站在恋人的角度，就很严重，比如，他很晚回家了，作为女朋友，我就会紧张和追问，但是如果我转念一想，我是他的朋友，那我会怎么办呢？肯定，就不会咄咄逼人地追问了……

我一直觉得，男人和女人在一起，一定要有友谊做奠基石，关系才会长久。

真正伟大的友谊是经得起考验的。

爱情，却脆弱无比。

爱情不是最伟大的，我们所看见的伟大的爱情，都是因为有友谊在其中。

当我们和朋友相处时，能放下压力与戒备，很放松，不受约束，想聊什么聊什么，也不用刻意去取悦谁。

真正的朋友，是相对独立的两个人。

真正的友谊让我们做回自己。和朋友相处时，我们会分得很清楚：他是他，我是我。但恋爱时，我们总是在不断强调："我们"。

爱情，有时会让我们有迷幻的感觉，难免去美化对方，迷恋对方。

而友谊中，迷恋的成分很少。

理解与支持，是友谊和爱情的共同点。不管是朋友，还是爱人，都会这么做。

友谊，要比爱情更牢固，那是因为，让两个好朋友互相吸引的，恰好是彼此的独特性。而两个人的差异，又恰恰是爱情脆弱的原因。

两个人如果先是朋友，再是爱人，就会很好地接受和欣赏对方的"不同"，解决这个难题。

友谊，是一种很纯粹的感情，哪怕只付出，没有回报，也不会招致怨言。因为朋友之间，还有"义气"在那里。

如果两个恋人之间大吵的时候，能转念想想：这样做是不是太没义气了？就能马上消除怒火，一笑了之。

不是每个女孩子都能做到和恋人做朋友的，这需要智慧与修炼，更需要有独立的人格基础，以及放弃自私自我。友谊和爱情的切换转移，也需要智慧，仅仅一味强调友谊，那也是不够的。

喋喋不休让他脾气变大

其实，

我知道你是为我好，

但我就是受不了你叨叨叨叨，叨叨叨叨。

昨天，我们吵了一架，事发原因是我希望他能早点上床睡觉。

他因为连续加班，已经好几天只睡四个小时了。

今天，他回来得比较早，晚饭以后，他就给自己泡了一壶茶，脱了鞋，靠在沙发上，把音乐放到一个舒适的音量，拿着 iPad 玩赛车游戏。

看他这样放松享受，我也很高兴。

但是，过了 12 点，想到他明天还要早起上班，我就开始催促他：喂！该上床睡觉了。

噢！他答应着，眼睛却看着电脑屏幕，一动不动。

然后，接下来，每隔几分钟，我就跑去说他：

"喂！你明天还要上班呢！"

"你昨天才睡几个小时？难道不困吗？"

"已经 12 点半了哦！"

"天天这么熬夜，身体怎么受得了？"

"你到底有没有在听我说话？！"

"赶快睡觉去！"

"什么游戏啊？让你觉都不睡了？！"

"睡觉！睡觉！"

突然，他放下电脑，腾地站起来！很生气地对我挥舞双手：烦死了！有完没完？

我一下愣住了。眼泪一下蒙住了眼睛。

他很少这样坏脾气地对我。

我，不是为了他好么？我说。

但我就是想玩一会儿，不行吗？他冲我吼。

然后我也来气了，就和他吵了一架。

第二天，事情过去了。

我们再心平气和地谈起这件事，他说：其实，我知道你是为我好，但我就是受不了你叨叨叨叨，叨叨叨叨。

后来，我想，也是，如果他觉得玩游戏很放松，就让他玩好了。

他都是成年人了，困了自然就知道去睡了。

男人，其实是不爱吵架的。

遇到好多令人不爽的事，他宁愿选择沉默。

但是，很奇怪，只要女人一絮叨起来，他就会像吃了枪药一样，爆发起来。

看过一个报道，男人到了老年，也有更年期，从青年到老年都是心平气和的，但是到了老，脾气就突然变坏，容易失控，暴跳如雷。我想，这可能是因为他们听了一辈子老伴的絮叨，终于火山爆发了。

再温文儒雅的男人，都有难以抑制的冲动，女人一絮叨，他的肾上腺素就会急速上升、呼吸急促、心脏快速跳动，然后，失控的时刻就要来临了……

两个人一起生活，想要"避免冲突"，女人就要学会闭嘴。

过了几个月，同样的情况又发生了。

凌晨一点。

他又翘着腿靠在沙发上玩游戏。

好几次我都想去劝他睡觉，但想想算了。

他想玩就让他玩咯，我也可以在书房多看一会书。

反正我就是不去叫你！明天闹钟响了难受的又不是我！

我在台灯下继续看我的书。

两点半了，一个玩够了的身影出现在书房门口：

喂！该睡觉了！

噢。

我站起来说。

他变了，好正常！

你要和自己的失望作战。

— dear.

有个女生说，刚认识的时候，他对我特别好，恨不得我生活不能自理，他才有表现的机会，真是事无巨细，对我那叫一个好！

但是认识两年以后，他开始贪玩，开始嫌弃我不独立，依赖他，说他很累。嫌我伺候他伺候得不好。

她苦恼地说：男人，为什么那么容易变呢？

还有个女生，说他的男友也变了，从忠心耿耿、对天发誓，变成了爱跟女生耍暧昧，背着她玩劈腿的混蛋。

她说：我真的不知道，是该让他卷铺盖走人呢，还是给他一次回头是岸的机会……

要知道，每一个女人开始认真恋爱的时候，她一定是希望和恋爱对象白头到老的。她希望爱自己的那个人，永远不变。

但是，变化，是这个世界上唯一不变的东西。你越不希望它发生，它就一定会来到。

这个时候，怨天尤人是没有用的，你要做的，是对自己说：

他变了，好正常！

接受变化，在刚开始，是一个艰难的选择，你要和自己的失望作战。

但是，你选择了那个每天厮守的人，你就得同时接受他的优点和缺点，不是吗？

接受变化，需要勇气。

需要你在一个个难堪难过的十字路口，做出不放弃的选择。

这种选择是会给你回报的，尤其是当贪玩的男人醒悟过来之后，他会更加明白你的爱与宽容，他也会发生再次改变，更加珍惜你们的感情。

在你发现他有劈腿的蛛丝马迹的时候，不要着急痛心疾首提分手。

冷静地想一想，真的是无可救药了吗？

是哪里出了错？怎么会这样？该怎么挽回？

你问他：还愿意在一起吗？

如果他的答案是肯定的，你就告诉他：不管是好是坏，我们一起面对，苦乐与共吧！

在很多东西都变了的情况下，你们仍然相爱着，这更值得你们去珍惜。

走上过"迷途"，还能"知返"的男人，往往会更知道你的重要，让你收获更加牢靠稳固的感情。

不信任，是因为害怕

"分手不可怕"这个念头，

是治你不信任的良药。

每隔一段时间，米璐就会到咖啡馆找我聊天。说说她找的那个"不省心"的男友。

她男友是一个很有女人缘的人，而且跟过去的女朋友时间都不长。虽然他现在说要和米璐好好在一起，但是，米璐总是不相信他。

总是会产生不好的幻想。

特别是因为他有过前科。

只要他有一点反常的举动，她就开始往坏处想，就无法停止。

每时每刻都在担心。

担心他不爱自己了，担心他有了别的"状况"。

比如今天，他手机老是"不在服务区"。

打他家里，没人接，打到办公室去，也说他不在。

怀疑和不安让米璐完全失去主张。

她只能来找我聊天，好让自己不要抓狂。

我看她真是矛盾极了。

一边胡思乱想，一边还在心里替他开脱：

"也许是在开会，在地下室的会议室开会？所以手机没信号？"

唉！我叹叹气说：你找来找去，偏偏要给自己找一个"不省心"的人！

是啊！她点点头：其实过去也有那种情史简单，死心塌地，让人省心的男人追我的。

可是，你又不喜欢人家，不是吗？我笑了。

米璐，你自己仔细分析过吗？

为什么你总不信任他：

1_

不信任，是因为害怕。

"是是，我怕失去他。怕受伤。"

2_

不信任，还因为不自信。

"是啊！我知道他过去有过很多女朋友，她们中间有的比我出色，有的比我漂亮，他们最终都分手了，所以，我总是怀疑：我们凭什么在一起？会不会还有比我更优秀的女人出现……"

3_

不信任，是你自己的选择。你选择不去相信他。

"嗯！这个选择，让我生活得很辛苦。"

那么，既然这个选择已经很痛苦了。

你能不能试试做一个不一样的选择呢？选择相信他。

看看结果怎么样呢？

既然你不能把他从一个不省心的人变成一个省心的人。

那么，你只能从改变自己开始。

有一种男人，对人都很好，注意，不只是对女人。他们很博爱。只要别人对自己好，就会对别人也好。有的时候，只要你自己的心够大，不要太在意，就不会受伤害。

有时候，信任需要一点点智慧。有时候，它更需要勇气。

它是你对另一半的深层次的认识之后，主动选择的包容。

还有就是，放下恐惧。

不要害怕。

就算被他骗了，又怎么样呢？

就算是分手，生活不一样可以继续吗？

"分手不可怕"这个念头，是治你不信任的良药。

还有，如果你爱他，完全不求回报。那么你也不会有信任问题。

你能做到爱一个人不求回报吗？

在无常的生活里，

你敢不敢冒一个风险，选择相信？

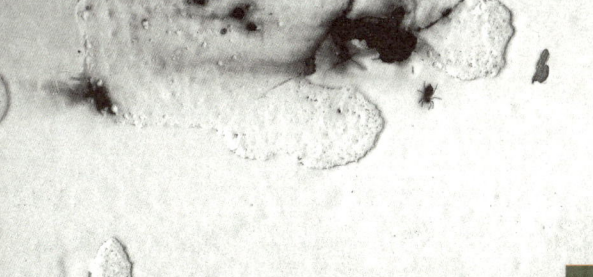

如果他告诉你在忙，
那是真的在忙，
不要想多了

不要总为小事纠结。

我认识一个非常优秀的男孩子，是一个建筑设计师，内心单纯，干干净净，有一个很漂亮的女朋友。

前几天，他告诉我，他们分手了。

我很惊讶：为什么？

他说：我很受不了她每天给我打十几个电话。只要通起电话来，就没完没了，不肯挂电话，我要是比她先挂，她就要生气。有时候接电话接晚了也要生气。我在开会时，忙得不可开交，关了静音，等忙完，拿起手机一看！好家伙！50个未接来电，我还以为出什么事了，赶紧打过去，她那边根本没什么大事，就是在为我没有接她电话而闹脾气。

唉，那是因为你没有给她安全感啊！我说。

是啊！可是我也不知道该怎么给她。我只是个普通人。他说：我只希望她能在我告诉她我很忙的时候，能够相信，我真的在忙，不要想多了！

所以，**女孩们，千万不要因为他少接了一个电话，就开始也觉得他不在乎你了。**

当他说忙，也许他真的在忙。

想想你生病的时候，他是不是在你身边照顾你？

想想有大事的时候，他是不是陪在你身边？

就不要为小事而纠结了。

很多女孩子总是在男朋友说"忙"的时候，心里总会猜测：他是不是用忙做借口去泡妞去了？

可是，谁有那么多精力去外遇啊！

再说呢，如果他真是去泡妞去了，担心有什么用呢？谁能阻止呢？如果你们的关系是健康快乐的，和你在一起是轻松快乐的，他的心，谁也勾不走的。

要相信他对你的感情！

他不在你身边的时候，能不能不要胡思乱想呢？能不能不要随时卫星定位一定要知道他在哪里呢？那样，你们都会很累的！

夺命连环 CALL，是傻姑娘经常做的，对自己没信心，把本来很有缘分的两个人分开了。

女孩子，想要一个东西就会紧紧抓牢，生怕它跑了。

但是，

抓得越紧，越抓不住他。

男人，有时候需要一点点自己的空间。

还不如，给彼此把空间留够，相信他，相信自己，轻松自然地相处。

有时候，你也可以换位思考，如果你在工作的时候，他不停地给你电话，絮叨个不停，还不许你先挂电话，你会怎么样呢？你还会喜欢谈这个恋爱么？想想你自己，也有过很累很累不想说话的时候吧！

经常做做换位思考，也会让你们的感情更加健康地发展下去。

妒忌他的过去，
等于毁掉了你们的现在

如果你想要幸福，就不能太介意。

花衣和男朋友快要结婚了。

他们见了双方的父母。

花衣看到母亲满意欣慰的笑容，眼泪都快下来了。

她今年已经30岁，曾经过了漫长而坎坷的情感旅途，只有她自己知道，找到一个可以结婚的人的艰辛。

可是就在筹备婚礼的那段时间，花衣无意进入了男友的QQ空间。

她发现，他的空间里，竟然有很多他和EX的照片！

在她和男友相识之初，他就给她讲过EX的故事。

简单说，就是他们感情很好，但是EX的母亲不同意，百般阻挠，所以几番争取之后，他们黯然分手。

当时，花衣还很感动，觉得他能够坦诚对自己讲和前任的故事，是对她的信任。她记得自己当时还特别真诚地对他说："真为你们感到可惜！"这话她自己再想起来，还真有点假惺惺的味道……

"他曾为她义无反顾"，这样的印象，深深刻在了她的脑子里。

所以，当她看到他和前任的合影时，嫉妒之心，瞬间翻涌起来。

她不动声色，开始暗中调查他。

从来不看他手机的她，趁他洗澡时，翻看了他的短信箱。

1000多条短信里，很多陈年短信，很多都是他和EX的。

短信里的话，哪怕是一句："晚安"，都让她受不了。

她翻了他的抽屉，找到了EX送他的礼物。

去和他的朋友们聚会，她会有意无意地提到他的EX，做出一副"我根本不在意"的样子，好从他善良的缺心眼朋友那里，打探到一点他们过去的蛛丝马迹……

一想起他曾经和另一个女人情深意切，她心里一阵阵难受。

她不断拿自己和短信里的那个女人做比较，从一点一滴的细节来判断：他到底爱谁多一点。

她一想到他曾经对她的种种好，就心如刀绞。

那个女孩确实很漂亮呢，她想，眼睛虽然比我小，但是身材比我好多了。

他的朋友说他以前还送她上下班，他现在怎么很少来接我！

他过去叫EX宝贝，现在也这么叫我，本来很动听的一个词，现在听起来，好恶心！

看那些合影，他在她身边的笑容，就是要比跟我在一起开心！

更可怕的是，他们在一起亲热的画面，会浮现脑海！

EX，像一根刺，像一个噩梦。

自虐啊。

自虐。

这样的各种胡思乱想，随着时间的推移，升级成了更严重的一个问题：

我到底该不该嫁给一个心里有别人的男人！

终于，她提出分手。

男友震惊了！

他真没想到，在他积极筹备婚礼的同时，她竟然每天都在耗尽心思地翻找和深挖他的过去。

被偷看短信这样的事情，更让他接受不了。

他说，之所以没有去删空间里的照片，是因为从分手以后，他一直很忙，都没有时间去登陆 QQ。

短信也是，谁有时间一条一条去删除那几百条短信呢？有那个时间还不如换一个手机。

我把它们留在那里，其实正好说明我不在乎了。它们存不存在，都无所谓。

你怎么就不懂呢？

男友痛心疾首摔门而出，出门之前，又送了她几个字：

世上本无事，庸人自扰之。

花衣给我写了邮件，说，婚期已定，他们还是会继续把婚事办下去。

"但是，我们之间，有了一个需要很长时间才能修复的伤痕。"

"我现在真的很后悔。"

每一年，我都会收到好几封像花衣这样的女孩的来信。

我已经准备好了给她们的回信：

"如果你想要幸福，就不能太介意。"

1_ 你自己有过 EX 吗？

2_ 你愿意和一个空白的男人恋爱吗？

3_ 有过去的人，才会珍惜现在。

4_ 不要拿自己去和别人比。何苦为难自己？

5_ 蠢女人才会去打听："他过去有过多少女人？"

6_ 更傻更傻的女人，才会自己把自己当作"另一个人的替代品"。

7_ 如果你是那种"不希望自己被瞒着，又害怕对方太坦白"的女人，他要是告诉你他的过去，你可以选择说，我不想知道。

8_ 活在当下！活在当下！活在当下！

老哄你，我累了

dear.

不要动不动提分手。

小婷又一次跟男友提分手了。

这已经是第 101 次了吧。

让她吃惊的是，这一次，他居然答应了。

这下她慌了。

但是他手机打不通了。

她发短信给他，说，我错了，请你原谅。

没有回音。

她也装作没事似的去他单位找他。

但他只冷冷地回答了一句：老哄你，我累了。

小婷感觉心被伤了，哭得像个泪人。

她说，他过去不这样啊！每一次提分手之后，他都会加倍对我好，这一次为什么这么绝情呢？

傻姑娘，你把"分手"当成一种手段了！

爱情是真心相待，不是耍心眼子。

有时候自己心里没底，就说极端的话来吓唬他，威胁他。

有的男人，威胁他，只会更加激化矛盾，更会把他推向反面。

两个人一起生活，产生矛盾的时候多着呢，每一次都以分手这样极端的方式来解决，谁受得了？

有时候，要学会退让。

女人，那么强势做什么呢？

男生是有自尊的，每一次都以分手相要挟，让他服软，来哄你，次数多了，日子久了，他也会受不了，会厌倦的。

就算他有错，也要给他台阶下。

不要动不动以分手威胁他，明明知道过几天就会和好，又何苦呢？

老提分手，会让他觉得你并不珍惜你们之间的感情。

也许你看着他挽留自己的样子，内心会觉得满足，会觉得他"还爱我在乎我"。

但是，真的说不好哪天，你提出分手，就真的分了！

到时候伤心，自责，追悔莫及。

所以，不要透支这个男人对自己的好。

换句话说，不要"作"。

如果他对你好，分手真的不要随便说。

别人的恋爱模式，
不一定适合你

> "
> 轻松舒服，
> 就是最好的模式。
> "

　　一位情感专家在电视上提倡大家学习法国人的恋爱模式：一起到咖啡馆喝喝咖啡，再去逛逛公园……

　　不知道多少女孩子看了以后，就会去跟自己的男朋友说：你看，你从来都不陪我逛公园！

　　真的数不清，有多少人，在模式化地恋爱着。

　　从表白开始，就已经有了模式。因为传统模式是男生表白多一点，所以，很多女孩子明明心里很喜欢，但就是迟迟不开口，傻等着。

　　然后是，一起吃饭，一起逛街，一起看电影。所有情侣应该做的事情，一件都不能少。

情人节、七夕节、纪念日。不是该送巧克力玫瑰花吗?

2013 年 1 月 4 号。微博里全是"爱你一生一世"。

听同事说,她的男朋友带她去西藏旅行了,那,我们也要去!

别人的老公都是每天下班就回家做饭,你为什么要天天加班?

还有人看多了美剧韩剧,就说:人家外国人的恋爱模式,就是比中国人好! 每天出门都接吻啦! 动不动男的就把女的背上,还经常挨女的打啦……

你对他有多重要,这个在你们相处的过程中你自己本人是最清楚最能体会到的,没必要看网上别人说要天天联系天天缠在一起就觉得你男友也应该这样做。

汗颜地说,我自己也不自觉的像这样拿别人的恋爱模式,套自己头上。

比如,我对先生说:我今天去设计师家里改活,她老公出门的时候,大喊了一声:我走了啊! 宝贝! ——可是你,为什么从来就没喊过我宝贝?

我先生坦诚地说:我不喜欢说这个词。而且,你明知道,我要是这么喊你,你也会不习惯不舒服的!

他说得对啊!

可为什么我要像个怨妇一样提这个事呢?

恋爱中,切记切记要少对他说:别人都怎么着怎么着,而我们又怎么着怎么着!

不要因为人家小情侣老腻歪在一起，你们就得像两块口香糖一样粘来粘去。

有的人是激情似火模式，有的人是相濡以沫模式，有的人是细水长流模式，有的人是火星撞地球模式。

如果你想每种模式都来一下，那么你们的生活必将混乱不堪，难以承受。

有时候，两个人不腻歪，不一定就不浪漫。

心有灵犀，也不一定非要什么形式来体现。

一个男人不天天说爱你，但是你有事，他一定陪着你，这是他自己的方式。你不要要求他像美剧男主角一样，天天把爱挂在口上。

如果非要给爱情定一个模式的话呢，我觉得：

两个人觉得轻松舒服，就是最好的模式。

越害怕失去，越容易失去

情深不寿。

dear.

恋爱中，投入太深，绝对是个缺点。

太重感情的女孩，遇见一个人，一旦喜欢上，对方再温柔一点，很快就陷入进去。

恋爱，就像一场中毒。人总是不清醒的，总是主观地将对方美化，再美化，将自己无限放低，再放低。中毒也是有周期的，等清醒过来，投入越深，越难以接受。

用情太深，会很被动。

越投入，越紧张。

越紧张，越害怕失去。

越害怕失去，越容易失去。

把握不好温度，也把握不好速度。

投入太深，是给别人伤害自己的机会。

对方给你一点阳光，你就灿烂。说的话，比圣旨还重要，他的一举一动，都牵扯你的心。他的一句话，能让你想一天。永远心有不安。

男人是很得意忘形的，你投入得越深，替他想得越多，奉献得越多，他越不把你当一回事。所以要驾驭他的心，就不能一天到晚想着他，心甘情愿为他做一切事情，失去自己。

如果对方是一个你值得投入感情的人还好，但这个世界上，谁不是先遇上几个人渣，才遇见真正值得爱的人。一腔热忱，不顾一切投入爱情的女孩子，一般都曾付出过惨痛代价。所以，不管他是谁，不要投入太深，只爱一点点，一点一点来，慢慢认识，慢慢看清，也是一种保护自己的方式。

飞蛾扑火的壮举，年轻岁月里，有一次就够了。

更可怕的是，有的女人的投入，只是她的自我陶醉而已。对方即占了便宜，又看了笑话。

真正无比强大的爱，一定是平淡的。没有无限的情感索求，也没有从高处跌落到低谷的失望。

可以去爱，去给予，但不要毫无保留。

情深不寿，慧极必伤。

不要太投入，就不会去计较谁付出得多，谁回报得少。

不会因为爱得太深，而失去自己。

不管在什么时候，对自己好，才是最重要的。

控制住自己，是对自己好，也是对他好。

不要夸大自己的委屈和愤怒

以退为进，聪明之选。

dear.

上次陪一个摄影师朋友去参加婚礼跟拍，在新娘的闺房里，新娘和闺蜜们哭成个泪人。伤感之余，闺蜜还不忘谆谆教导：要是吵架，特别是第一次大吵，一定要想办法占到上风，要一次性搞定他，让他认识到错误，给你道歉，这一次特别重要，关系到你们两个今后在家里的地位。做到了，将来你做主，做不到，将来他骑在你头上作威作福！切记切记！

我听了直想笑。

新娘子如果是个聪明人的话呢，闺蜜的话，听一听就可以了。

两个人过日子呢，争什么地位？

两个人决定在一起生活，难道需要一开始就确定是谁骑在谁头上作威作福的吗？首先，在大家的字典里，就不要有"作威作福"这样的词语好吗？

如果她真按照她们说的来办，凡事都要和老公争个你死我活，可以想象，那个日子能过成什么样？

女人吵架，有一个特点，就是一定要争一个"我对！"。得理不饶人。

男人呢，大多数在刚开始的时候，会选择息事宁人的方式，不愿意多吵，能承认错误就承认错误，只想事情赶快过去。

就怕女人揪着不放。

还举一反三。

一哭二闹三上吊。

甚至还打电话给朋友，给家长，搬救兵。

小事闹成了大事。

不知道适可而止的争吵，对感情的破坏性特别大！

有些事情，明明忍一忍就会过去。

有一天，我先生回到家里，心情明显不好。

我看出来了，就没有多问，开始做饭。

我做了好多菜，想让他吃好一点。

谁知到，他竟然随便刨了两口就把筷子扔掉了。

我坐到他身边去，问：你今天怎么了？心情这么糟？

他没好气地回了我一句：哎呀，你别问了，烦着呢！

我一下火就上来了！

你心情不好怪我吗？

不管你在外面遇见什么事情了，你回来，我让你自己待着，辛苦给你做饭，好好来跟你谈心，你还在那里不识好歹……

我差点就跳了起来，恶毒的话已经到了嘴边。

但是，我突然想起一句话：吵架之前，先停一分钟，不要马上去接别人的话。

我就站起来，走进厨房，去洗碗。

我一边洗，一边想，算了，他也不是天天这样，我忍一忍，让让他算了。

后来，临睡前，他来跟我道歉了，并且告诉了我是因为什么事情让他这样。

那时，我们之间是浓浓的融洽气氛。

能感觉到，我的体谅，让他的心情好多了。

我暗自感慨：如果刚才我顺着他的话开始说他，现在是什么样子？

估计早吵起来了。说不定还有一个人甩门而去了！

所以，女人，在面对矛盾的时候，要懂得以退为进。

牙齿和舌头有时候都会碰撞到一起，更何况两个不同性别不同成长经历的人呢？

男女在一起，不要争理，而要相互体谅。

不要夸大自己的委屈和愤怒。

有时候，示弱，也不失为一种好办法。

与其破口大骂，不如撒个娇，示个弱。

男人会向温柔服软，但他可不惧怕你的拳头！

有些话，一说出口，
就再也收不回来

有些工作的意义和成就，不是用收入来衡量的。

　　如果你爱一个男人，你愿意和他在一起，你一定要认可他的工作。

　　让他自觉是个成功者。

　　让他觉得自己做的事情是有价值的。

　　你要真诚地确认这一点。

　　秀的男友是一个游泳教练。每年夏天，是他最忙的时候，冬天，就要闲下来。

　　虽然他很爱自己的工作，但他不是很自信。因为这份工作，收入不是很稳定。

　　但是秀却认为：你有一份多好的工作啊！

　　首先你喜欢水，每天都和水相伴。每天即是上班，也在锻炼身体。

　　第二，你是一个老师，每天就是上课，没有复杂的社会关系，也不需要应酬。

还有，最重要的是，你做的是一份功德无量的事情，你教会大人小孩一项重要的求生技能，在关键时刻，能救人生命，这难道不是最大的意义吗？

还有一个女孩叫萍，她的男友是一个汽车销售员。

男友入行没多久，他喜欢车，热爱这份充满希望的工作，他努力着。

萍的家庭条件要比男友好，她爱上他，确实是因为他很帅，身材高大，和他走在一起，超有面子。

他们一起吃饭，一起看电影，一起做爱做的事情，看上去是一对快乐的情侣。但是，萍的内心，总是不满足的。

在大家都议论他们如何般配的时候，只有萍内心深处知道：他是不符合她心中"成功男人"的标准的。

直到有一天，她终于爆发了。

那天是周五，北京一如既往地开始大堵车。

打不着车的萍，无助地站在车来车往的大街上，拿着电话，对男友发泄着不满。

男友也没有办法，只能一个劲地安慰她：你再耐心等等。

等等！等等！萍突然失控地大喊：你是个卖车的！每天回来就跟我谈车车车！如果你买得起一辆车，我何至于在这里一站就是一个小时！

这句话，是一个致命打击。

相信很多二十几岁的男人，和萍的男友一样，都遭遇过这样受伤的时刻。

他终于知道，她要的，他没法给。

所以，他提出分手。

分手以后，只用了一年，他就买了车。

又过了两年，他已是行业的销售精英。

再想起萍的时候，他其实是从内心感谢她的。

但是，我见过很多成功的男士，都是从这样的经历走过来的。

没有一个男人，愿意和一个对自己的工作和社会地位不满的女人交往。除非他是闹着玩而已。

不管他从事什么样的工作，他也希望与一个认可他崇拜他的女人在一起生活。就像秀那样。

如果你喜欢这个男人，就一定不要抱怨他的工作和收入。哪怕你只是随口说说。没有什么比批评这个更让他觉得不愉快的。

也不要在他面前赞叹别的男人多有钱，特别是与他年龄相仿的其他男人，虽然你不是有意的，但他会感觉自己受到了严重抨击。

有些话，一说出口，就再也收不回来。

有些快乐，是不需要花钱的。

有些工作的意义和成就，也不是用收入来衡量的。

如果你爱他，就请对未来充满乐观，支持他的工作和梦想。

怨妇是怎样产生的。

不要认为你要什么，
他"应该要知道"

一个女孩给我写信，说她最近很不开心。

"我的男朋友是个很笨的人，他总是不知道我要什么！而且，我们总是信息不对称，我跟他说什么，他都不明白！有时候，他说话，能气死人！"

"比如，最近他出差了，一走就是一个月，我在网上和他聊天，问他：'你什么时候回来啊？一走走那么久！'他就没好气地回答我：'你以为我想走那么久吗？这边天寒地冻的，还吃不好！'"

"快点回来吧！"

"别催了！越催我心越乱……真的是回不去呀！"

"听他这样一说，我的火噌地就上来了！他完全不知道我说这些话的意思是什么！我的意思是，你走了，我一个人很孤独，很希望他能感到内疚，能对我更好一点！我哪想听他什么工作忙回不去的废话呀！我最希望听见的，不就是一句：我想你了，而已！"

面对这样一封充满怨气的来信，我的回答就只有一句话：

"你问一句'你想我吗？'会死吗？"

184

与你们的问题和平共存

世界上没有完美的伴侣，
也没有完美的关系。

在你和他相遇之前，你们是在各自的环境和习惯中生活了二十几年的个体。

现在在一起了，朝夕相处，各种小问题的出现，是不可避免的。

要学会与这些小问题和平共处。

比如，你喜欢早睡，他喜欢晚睡。

你是南方人，喜欢吃米饭，他是北方人，喜欢吃面食。

比如，他喜欢把东西随意乱扔，而你有轻微的洁癖。

有些问题，是能得到解决的，但有些问题，不需要去解决，只需要和它和平共处就可以了。

一个聪明的女人，不止在生活中，在职业场，她也懂得和问题共处之道。

世界上没有完美的伴侣，也没有完美的关系。

出现状况是常态，完美无缺只是理想而已。要相信，任何问题，都有解决之道的。

一些烦心的生活事件，就算可以得到解决，它也有可能不是一朝一夕就能立刻解决好的。在情况变好之前，我们必须要坦然接受它的存在。

当你发现了一个无法立刻解决的问题的时候，你先决定置之不理，继续正常的生活。并不表示，你在逃避它。你只是不想受到它的影响而已。

你把烦恼放在它应该存在的地方，不要每时每刻都去想它。不会拿到两个人的餐桌来讨论，更不会把它带到床上让自己失眠。

搁置它！

不理它！

随遇而安、坦然接受。

也许有一天，你再想起时，它早已随风而散。

另外，"出现问题"也不是完全很糟糕，它让你们有理由可以在二人世界多摸索，多学习，领悟到更好的相处之道。

人生重大的事情其实就那么几件。

烦恼不烦恼，安宁不安宁，都在你的一念之间。

如果什么事情都要装在心里，想起来就烦，这日子也就没法过了。

对称的爱

对称的人，

你再怎么作，

他都有办法来应付你。

他不会痛苦，也不会想逃。

dear.

不对称的爱，还是早早结束吧！

在恋爱里，如果你们两个总是其中有一个人为什么感动得要命，而另一个人无动于衷，那么你们不合适。

人和人的交往，对称，很重要。

很多时候，我们的眼睛，会被欲望所遮蔽，或者，被他人的标准所误导。明明在一起很别扭，看不清对方，对方也不理解自己，只是因为条件的合适而在一起。

不对称，就无法做到彼此理解和尊重。

就像下面这一对：

女朋友对他说，我们分手吧！

他心里一阵狂喜。

他盼望这一天，已经很久了。

她是他辛苦追来的，因为第一眼，他就看上了她的美貌和身材，他只想过不顾一切追到手，却从来没想到，追到手里，该怎么伺候好她。

在和她相爱的这一段时间里，每天的对话，一半都是解释和道歉。他过得很紧张，总是怕一不小心，就说错了话。

可能就是因为她知道他太在乎她了，所以，她每天都要被小心翼翼地哄着，不管他怎么做，她都不高兴。

她要吃什么，从来不自己去跑腿，他屁颠屁颠买来了，她会觉得不好吃，然后就掉眼泪。就会指责他不爱她。

她要他的 QQ 和微信密码，必须给她，然后，她和他上面的每一个女性好友都聊了一遍，假装很大方很热情，要和人交朋友的样子，其实是在暗中调查"这些人有没有想勾引他"。连他的姑姑和姐姐，还有些名字取的女性化一点的男人，都要被盘问。

她太爱在街上生气了，就会站着不走，甚至当街大哭，大庭广众之下，痛斥他，引来各种异样的目光。

因为两个人是不对称的，所以，这个男生刚开始的很长一段时间，都以为是自己的问题，觉得自己确实不是一个好男友。尽管身心俱疲，但是仍然想努力改变自己，改善关系。

只是，这种关系，从根本里就错了，哪里能改善呢？

于是就发生了刚才那一幕，当女生说"我们分手吧"的时候，他说："行！"

女朋友傻眼了。

然后，他按捺住内心的狂喜，沉痛地转过身，慢慢走开，拐过了街角，他一溜儿烟，跑得无影无踪。

好的恋爱状态不应该是这样的。等他们重获自由，多经历几次挫折，就会逐渐知道，适合自己的人是什么样的。

对称的人，你再怎么作，他都有办法来应付你。他不会痛苦，也不会想逃。

什么是对称，就是，你觉得他是个懂事的人，通情达理的人。他所说的，所做的，不会让你觉得别扭和出格，这样的人，和你就是对称的。

愿每一对不对称的人，都早点明白。

愿每一个分开了的人，都早一点遇见。

各自的满足

How to love you dear.

你是你，我是我。

即便是夫妻，也是各自。

你是你，我是我。

时时刻刻粘在一起，没体会过。

各干各的，是婚姻幸福的秘密。

中午出去吃饭。

他说想吃刀削面，我说想吃米粉。

那么，他就开车送我到米粉店，我下车，他继续前行，去街对面的面馆儿。

我吃完了，就去找他，他先吃完，会来找我。

一顿饭解决了。各自满足。

而不是坐在车里争吵，你迁就我，我迁就你。

度假，在马尔代夫的小岛。

他想去打沙滩排球，我想躺在躺椅上看夕阳。

他想去浮潜，我想去钓鱼。

那就各干各的喽。都能耍得高兴。

不一定要像那些度蜜月的夫妻，无时无刻，都在一起。

钓鱼回来，我晒得浑身通红，碰一下就疼，他带我去看了医生，听从建议，将大浴巾打湿水，然后放进冰箱里，过一会拿出来，敷在身上，果然舒服了好多。

躺着躺着，我就睡着了。

等我醒来，已是凌晨两点。被窝旁边，空空荡荡。

阳台门开着，纱帘随风飘荡。

我光脚下床，轻轻走出去。

他还在露台上躺着呢。面对着印度洋的海，漫天的星光。

我走过去，躺在他身边，也吹着那风，不说一句话，他把耳机取一只，塞在我耳朵里。

一辈子都不会忘记，那晚的星光。

你喜欢看他吃醋？

也许女人天生喜欢戏剧性的恋爱，

但是，

如果你爱他，

就不要折腾他。

———

dear.

"我真的挺后悔的！"敏敏对我说。

"怎么回事？"我问。

她说："刚开始，我只是想利用一下他的嫉妒心而已。"

敏敏和男友在一起已经四年了，生活渐渐趋于平静，每天说得最多的对话就是："吃了吗"、"回了吗"、"睡了吗"、"多喝水啊"……有时候她会有一丝恍惚，仿佛他们已经结婚多年，早已是老夫老妻，如果照现在这个样子生活下去，再相安无事地过个 30 年也没问题。

这本来是好事。但是，敏敏却蠢蠢欲动了。

她不知道这样的平静是好是坏，所以，想闹点什么事端来看他"到底还有多在乎我"。

于是，当大学同学组织了一场聚会以后，她回到家里，就有意无意地向男友透露：

"我的初恋男友从国外回来了！"

"他回来创业了，办公地点就是我们单位大楼的旁边……"

"昨天他还请我吃午饭，讲了好多过去我都快忘记的事，我觉得好像一下子年轻了好多……"

"但是你不要多想啊，我对他早已没感觉了……只是当年把他甩了，挺狠的，我心里有些过意不去……"

后来呢？我打断她。

后来就是，他火大呗，脸色难看，气急败坏，开始疑神疑鬼，只要我一加班，就认为我和同学幽会去了！同学聚会，再也不让我去了！敏敏说。

你呀，真傻！两个人过得好好的，你把别人弄得这么不安干吗呢？

唉！我不是喜欢看他吃醋的样子嘛！敏敏委屈地说。

傻姑娘！男人是有占有欲的，他们是非常爱吃醋的动物！

你们在一起过了四年，你能让他觉得安定，是多么难得的事！你为什么要自己去打破它呢？

让一个男人因嫉妒而疯狂而焦虑，你就真的会得到快乐吗？

看他为你担心，你就高兴吗？

你想看他有多么害怕失去你是吗？可是你应该知道：你故意让他吃醋，就是在伤害他！

最后，我对敏敏说：

也许女人天生喜欢戏剧性的恋爱，但是，如果你爱他，就不要折腾他。

男人也需要安全感的，你利用他的嫉妒心，不给他好日子过，他能给你好日子过吗？

拥抱不是越多越好

你自己感觉好得甜蜜，

陶醉得不行，

哪里知道他正有苦难言？

—

dear.

人为什么喜欢拥抱？

是因为我们的皮肤会饥饿。

皮肤饿的时候，会渴望抚慰，希望得到抚摸和拥抱。这一点，男人和女人是一样的。

每天，给你爱的人一个拥抱，是从皮肤抵达内心的一种交流。

但是，拥抱不是越多越好。

每天不要超过三个。多了，就不再珍贵。

也不要学习影视剧里，冲过去，狠狠地搂在一起，除非你们一年没见了他刚去探险回来。

男人对女人的"夸张"示爱，有时是有反感的，只是他不会说出来而已。

具体该怎么拥抱，这个因人而异。

总之，合适就是最好的。

满满地爱意，揽住对方，感受他的心跳。

温柔的拥抱，让爱人得到安慰，但要知道适可而止。

不要一天无数次向他索取拥抱，甚至像个粘皮糖一样粘在他身上。

太多太频繁的亲密接触，会让男人害怕，他会觉得你变成了一个重担，总是不断在索取，在索取……

粘着、赖着，会让他喘不过气。

你自己感觉好得甜蜜，陶醉得不行，哪里知道他正有苦难言？

你可能还不知道，你越迷恋越黏着他，你的魅力值就越减少。过度依恋，会让你失去神秘感，让本来甜蜜的事情，变得普通单调。

所以，女人，不要因为太爱他，就紧紧抱住不放。

你该知道，如何拿捏分寸。

要学会放弃"不依不舍"，尽管你心里很渴望他。

当你学会马上转身，过不了多一会儿，他就会来找你……

有时候，他不是变懒了。

他就是想被服务一下而已。

很高兴为你服务

我在书房。

他在客厅，脚翘在茶几上，眼睛盯着电视屏幕，对我大喊：

喂，你能帮我烧壶水，倒杯茶吗？

明明客厅离厨房要近一些的！

有时候，他不是变懒了。他就是想被服务一下而已。

那就满足他被服务的需求呗。

去烧一壶开水，冲进绿茶，端到他面前。

来，请喝。

谢谢！

好多时候，他就是希望有个人能帮他洗头发，掏耳朵，抓抓背，帮他准备晚餐，去烧水倒茶。

我不知道别的女人怎么样，也有可能有些传统的习惯使然，我能从为他服务的过程中，也得到一种满足感。

服务他，也是一种付出。

付出有时候也是快乐的。

我有个朋友的太太是一位事业有成，眼界宽阔，活泼干练的女人，有一次，朋友对我说，你知道我太太什么时候最有魅力吗？

跟你训话的时候？我故意说。

不是！他连连摆手：是她一边絮絮叨叨跟孩子说话，一边叠衣服的时候。

他的太太一年有三分之一的时间在飞机上度过。当她回到家，她完全有能力请家政公司来给家庭提供服务，但她没有。因为家人和男人是有被服务的需求的，她爱他们，就会愿意亲自去做。

我先生是一个很爱美的男士，经常对着镜子照个没完。

我曾力邀他陪我去美容院，共享一张卡。但被他拒绝了。

所以，我只能在家为他提供全套的豪华 Spa 服务。

让他躺着，给他洗脸、去角质，去黑头，按摩，面膜，清洗耳朵，头皮和肩颈的精油指压。整个过程还配合舒适的灯光和轻柔的音乐。如此奢华用心的服务，花再多的钱在美容院也享受不到。

整个过程，我和他都尽情享受，乐在其中。

为他服务，虽然付出了心力和体力，但却为你们提供了双方的爱的正能量。

今天你照顾他，明天他照顾你。

这不就是爱吗？

How to love you

玩够了就回来

dear.

男人，

就像长不大的孩子。

永远有一颗贪玩的，

充满好奇的，

不安定的心。

网上有好多女孩在抱怨自己的男朋友贪玩。

她们最爱拿自己跟男朋友喜欢做的那一件事来做比较：

比如，她的男友爱打篮球，她就会说：篮球都比我重要！

如果她男友爱打游戏，她会说：让他跟游戏过一辈子好啦！

男人不仅贪玩，还喜欢在外面游荡，哪怕无所事事，也不愿意回家。

两年前的一个星期天，下午两点半，我接到了一个曾经的男同事的电话，他说：出来和我们按脚去呗！

我应约来到按摩院，看到曾经玩得好的几个同事都被他约出来了，大家很久不见，一边按脚一边聊天，十分开心。

我问他：你怎么周末都不在家陪老婆孩子呢？

他说：我中午出来见一个客户，跟我老婆说下午四点回家。和客户吃完饭才两点钟，我不想回家呀，所以就把你们叫出来聊天咯……

我们都笑了，笑他宁愿花钱请我们按脚，也要混足两个小时，不愿意提前回家……

当然，我们都知道，他是很爱他老婆和孩子的。

男人，就像长不大的孩子。永远有一颗贪玩的，充满好奇的，不安定的心。

他渴望有稳定的生活，却又总是想跑出去玩。

"离家出走"、"彻夜不归"这些令女人咬牙切齿的词语，其实是男人的心头之爱呀！

他愿意努力爱你，愿意好好营造一个家，但这并不妨碍他总是处在四处张望的状态，找好玩的东西，找他喜欢的东西。

他总是心浮气躁的。必须有一个让他痴迷的东西，不管是什么，游戏也好，运动也好，甚至是其他的女人，反正不能没有！

女人：你能少去玩吗？

男人：那太不人道了！

看吧！你爱的是一个男人，爱玩是他的天性，你抱怨他的天性有什么用呢？

不要抱怨他爱玩，你的不依不饶，吵闹不休，只会让他更不想回家。说你没情趣，不理解他。

我总是往好的地方想：爱玩的男人精力旺盛，充满活力，不会变得枯燥、乏味，这也不是坏事。

他去玩的时候，我也可以拥有自己的时间，做一些自己喜欢的事情。

当他玩累了，他就会回来了。

两个人在一起，不一定要天天腻在一起，各玩各的，也挺好的。

说句心里话，我希望我的男人，到了七八十岁，还仍然爱玩。

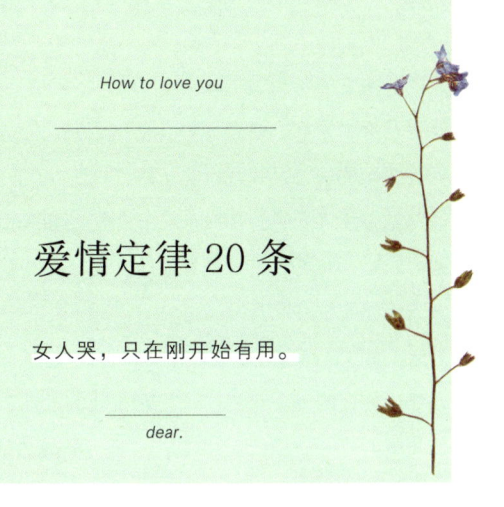

爱情定律 20 条

女人哭，只在刚开始有用。

dear.

1_ 不可不信缘。请珍惜缘。

2_ 如果不知不觉爱得讨好了。请你一定要及时调整。你越低到尘埃里，他越会忽视你。

3_ "门当户对"有时候是正确。至少频率要一致，能说得到一块吧？

4_ 喜欢一个人，看看他身边的朋友，如果都是好人，你就嫁了吧！

5_ 不要轻易谈分手，李宗盛这么唱的："我见过合久的分了，没见过分久的合……"

6_ 恋爱超过四年没有下一步，大多数就会分了。四年是个坎儿。

7_ 两个人一起生活，能忍的忍了，不能忍的，别憋着，说出来。说出来大家面对和调整。

8_ 别老把自己对他的好拿出来说。

9_ 男人的自尊伤不得。

10_ 再开明的女人，听见你提前任的好，心里也不会舒服的。

11_ 当女人说："没事儿，你说吧！"的时候，你要想好了再说！

12_ 不要为谁牺牲太多，也不要让谁为你牺牲太多。大家在一起，是为了更好，不是为了牺牲。牺牲太多，委屈累积，会成为分手的导火索。

13_ 秀恩爱，死得快。

14_ 女人哭，只在刚开始有用。

15_ 对他的父母、兄妹、朋友好，比对他好还要好！

16_ 男人不可能一辈子甜言蜜语的。

17_ 跟任何人相亲，要抱着"先做个朋友"的态度，比较容易成。

18_ 男人不管年龄多大，都是小孩子。他有时候也喜欢你用对待小孩的态度去爱他。

19_ 不要试图去改变一个人。

20_ 爱到不自私的地步，是真爱。但很少有人做得到。

不要怕遇见坏男人，
坏男人是好女人的大学

世界上，真的有那么多针对你的坏男人吗？
有时候，不是因为他是骗子，
而是你骗自己去相信他而已。

How to love you   Dear

　　在咖啡馆听三个女生聊天，真是开了
眼。

　　现在的女孩子，懂得好多。似乎她们
什么都看透了。

　　一个女生遭遇了坏男人，所以现在对
男人恐惧得不行。

　　"男人都不是好东西！"她恨恨地说。

　　"始乱终弃！"

　　"刚开始软磨硬泡，穷追不舍，巧舌
如簧。甜言蜜语能把你淹死。时不时还做
出点浪漫举动，让你对未来产生无比的期

待。然后你终于软了，投降了，开始迷恋上他，没他不行了。嗜他如命。把什么都可以交给他。"

"其实他们就是想和你上床而已。然后把你带到朋友身边去吹嘘，几次之后，要么就直接把你甩掉！要么就突然开始冷着你，让你主动提分手。"

"然后你会迷茫和不安，渐渐感觉，他总是当面一套背面一套的。刚开始死去活来，后来就开始朝三暮四。谎话连篇。"

"如果我也是抱着玩玩的态度就好了，但是我做不到，每一次都真心地对待别人，所以到后来，全是伤。"

那个女生，除了流泪，控诉，还用手指甲抠我们店沙发的扶手，第二天我才发现，那里被抠出了一个洞！

看来坏男人，真的很讨厌啊！

但是，女孩，你有没有想过，为什么你总是遇见坏男人？
为什么他总是骗你，不骗别人？

世界上，真的有那么多针对你的坏男人吗？有时候，不是因为他是骗子，而是你骗自己去相信他了而已。
也有可能，是你对爱情的幻想，害了你。

女人有一个很可怕的习惯是，总是喜欢将生活戏剧化。把问题想复杂。自己本身又不开阔，很狭隘，所以，活生生将自己一次又一次成功地塑造成了一个受害者。

通达和透彻的女人，都是经过了坏男人这所大学过来的。

被骗了就被骗了，没关系啊，谁一辈子不遇见一两个人渣呢？跌倒了就爬起来，该反思反思，该改进改进，继续走呗。就当这次经历，又提高了不少对这个世界和人的认识。

说真的，除了生死，很多事情，都不是什么大事。

你要保证自己在受伤之后，仍然是善良和真诚的。而不是抱怨，再抱怨。

总要经历过，才知道怎么避免，坏男人是让你快速成长的途径之一。

有一个清晰的分辨能力，这是一个聪明女孩必须的特质之一。

坏男人怎么分辨呢？他们身上又没有标签，一目了然。遇见了坏男人又该怎么对待呢？

1_ 下次交往的时候，确定他的人品是好的，这个可以从他身边交往的朋友身上看出一些。

2_ 其次，确认他有一个健康的人生观，这些可以在谈话中得知。

3_ 另外，年龄要合适，你要是找一个比自己小很多的，可不得给你使小性子吗？

4_ 你要宽容和真诚地对待他。爱你所爱，真诚地付出。要相信，你是什么样的人，就遇见什么样的人，你怎么对待别人，别人就怎么对待你。

5_ 在被人热烈追求的时候，内心要淡定。

6_ 不要在他面前随意评价什么男人都是坏东西之类的，搞得自己很沧桑一样。

7_ 不要动不动就拿别人的例子来和他对比，你们的关系是独一无二的。你也没有必要照着别人的故事，来看自己的人生。

8_ 要相信自己能遇见好男人。

9_ 对爱情的期望不要太高，从一而终的感情固然值得期待。但不是每个人都有那个福气的。能走到最后的，都是水到渠成的，没有任何的刻意和秘诀。

10_ 要相信自己即便遇见了坏男人，也能搞得定，输得起。就算遭遇了，也不要怀疑自己，要敢于思考和面对，想办法提升自己。让自己变得更加从容和聪明。

11_ 在交往的过程中，总是有些蛛丝马迹的。觉得哪里不对的时候，有没有勇气提出分手，还是因为贪恋一些片刻的温暖，而选择自欺欺人地继续下去，直到关系彻底崩塌。

12_ 我不太喜欢"被骗上床"的说法，不要觉得上床就怎么样。这是一件快乐的事，不是吗？

13_ 多交往几个异性朋友，听听他们怎么评价同类。不需要太刻意地去打听，就是在生活中留意一下就行。你会发现，其实这些男人都像孩子一般单纯善良。他们也经常为男女关系而苦恼。并不是整天都在处心积虑地想着怎么去做一个玩弄女生的坏人。这个世上，真的没那么多人渣！

这个世界上，哪里有那么多的好男人都被你遇上。而别人眼中的好男人，也许也是走过一段漫长的由坏到好的路程，一步一步成长起来的呢。很多好男人都"坏"过，直到他遇到了那个让他改变的女人。

所以，不要动不动就眼含热泪地把自己定位为一个受害者。不要对方一不合自己的心意了，就给人扣上"坏"帽子。别以为自己就是完美无缺的。就算你遇到了一个自私，自大，喜欢暧昧，爱撒谎的男人，你也可以用足够的诚挚和热情去爱他。

这个世界总不是那么完美的。

失败的感情，让人成长。你应该感激。

勇敢地去爱吧。不要把自己封闭起来。把自己捂起来，固然保护得了自己，但这样会让你从此更难相信别人，从而走上恶性循环。受伤之后，更要打开自己的心，接受这个世界，接受爱，接受伤害。

被骗过又怎样，忘了它就是！

男人的自尊心

为什么要把自己的
喜恶标准强加给他呢？
——
dear.

　　每个男人身上，都有一个雷区，那就是他的自尊心。

　　男人的自尊可不能随便碰。

　　有的女人，完全不懂得，以为两个人相爱了，"连你的人都是我的了，还有什么不可碰的！"结果为所欲为，触碰了雷区：执子之手，与子同归于尽！

　　我见过一种女人，不管是在单独相处，还是在外面，只要男友开口说话，她必然会打断他。她可能不知道，这也是伤害自尊心的一种方式。

　　不要动不动就跟男人说：你能不能有点上进心？

　　不要随意指责他，指挥他，更不要当着他的朋友的面这么做。

看不起他解决问题的能力。

经常拿他和别人做比较，讲风凉话，也会伤到他的自尊心。

你在他面前夸别的男人的魅力，也是在折损他的自尊。

男人是很爱面子的动物，有时候，他需要一点成就感，所以，当他主动跟你谈起他的工作的时候，即便你不是很懂很关心，也请不要不屑一顾。耐心听一听，再问两个问题，他也许会在给你讲解的过程里，感到更多的自信！

千万不要看不起他的工作，更不要唠叨他挣的钱少！

小鹿是一个出版社编辑，她的男友是一个IT男，平时爱好不是很广泛。他们两人，平时除了去看看电影，就是在家各玩各的。

有一天，小鹿突然对埋头打游戏的男友说：你能不能上进一点，买点书回来看呢？

男友愣了一下。

过了几天，果然有快递送来了一个包裹。

小鹿一看包装：卓越亚马逊！她心里很高兴：看来我的建议他听进去了呢！

她兴高采烈地陪在男友身边，看他拆掉了包裹，把里面的几本书取出来。

一阵印刷品的香味飘过来，男友触摸着一本本新书的封皮，心情愉快。

但是小鹿却看着手中那几本花花绿绿的盗墓和玄幻小说，撇了撇嘴。

她把书扔在沙发上，冷冷地说了一句：怎么买这些书来看啊！没品！转身就走了。

客厅里，只留下笑容僵在脸上，心里特别不是滋味的男友⋯⋯

有时候，你喜欢的东西，他不一定喜欢，他喜欢的东西，你不一定喜欢，为什么要把自己的好恶标准强加给他呢？

就算你不喜欢他的东西，你可以不和他分享，但也不要像小鹿那样瘪嘴批判瞧不起呀。

有时候，你对他泼一盆冷水，真的会凉到他的心！

男人的自尊心，这个东西，看不见，摸不着，但是，两个人想要长久相处，相安无事，就需要好好呵护它。

小题大做

太爱他是一回事，

过度要求他则是另一回事。

dear.

　　莉莉小姐和男友约好了看电影，这个片子她期待已久了，为了买到好座位的票，她跟单位请了假，提前半个小时就赶到了影院，还买好了爆米花和可乐，满怀期待地在影院门口等男友。

　　眼看着电影开演的时间越来越近，男友却一直没有出现，打电话，说：单位有点事，耽误了一会，现在刚出来。莉莉的心一下就难受起来了。

　　已经开始检票了，她忍不住打电话给男友，男友说：还在路上，有点堵车，要不你先进去看吧！

　　莉莉更不高兴了：我要自己进去看，你何必来呢？

　　她沉着脸站在影院门口，电影已经开始了10分钟，男友才气喘吁吁地赶到。

　　他们进了电影院，故事没有看到开头，莉莉心里总觉得缺点什么，她非常不高兴地把电影看完了。

出来她就一直不说话，男友问咋了，她也不理他。

男友知道是为什么，但他不以为然：不就是少看了十分钟吗？你至于吗？

莉莉一下就来气了：早就说好的事情，我都能提前半小时到，你为什么就不能早点出来呢？

男友也来气了：我又不是故意的，是单位有事耽误了，我愿意吗？你也太小题大做了吧？！

于是两人就在街上大吵了一架，不欢而散。

这样闹，是很伤感情的。

很多事情，女人觉得生气得不得了，但是男人却轻描淡写：很严重吗？

容易小题大做的女人，是因为太敏感，太在乎对方了，不希望两人之间有任何问题。所以，哪怕是一件小事，她也会想很多，会责备，甚至伤害对方。

男人和女人的关系，是很脆弱的。

像这样"小题大做"的时刻多了，恋情必然走向滑坡，直到无可挽回……

所以，女人，不要小题大做，一点小事，天塌不下来。

太爱他是一回事，而过度要求他则是另一回事。

如果你愿意接受他的缺陷，理解他的不得已，而且能在他做错事时原谅他，你就可以感受到那些总是不断苛求的小题大做的女人感受不到的少有的平静，小小的波澜还能让你和你的爱人更加亲近。

　　只要他愿意承认并且改进，有什么过不去的呢？

　　有缺陷并不代表他就糟糕透顶了，大可不必纠结其中。

　　不要总是要求他先让步，在他主动向你道歉后还不依不饶。

　　有时候，我们自己也有可能忽略对方，自己也会迟到，也会无意之中伤害到他，不是吗？

　　想想同样的时刻，他是如何对你的？大多数男人都懂得包容和迁就。

　　为什么你不能同样宽容地对待他呢？

他的心里话

亲爱的，在恋爱中，我真心希望你能明白：

1_ 你有你自己的生活，不要粘着，不要围着，两个人有适当的富余空间，在一起就不会累，这会让我们爱得更久。

2_ 牢记我们是为什么在一起，喜欢彼此的到底是什么，不要时间一久，曾经欣赏的，变成了彼此责难的。

3_ 我有很多坏毛病，请你包容。

4_ 我也会接受你的不完美。

5_ 跟我在一起，想笑就笑，想吃就吃，想放屁就放屁，我喜欢真实的你，放松一点。

6_ 不要纠结谁爱谁多一点，谁在意谁多一点，不要每天都问"你爱我吗"。已经每天和你在一起了，你自己不能细心去体会吗？

7_ 我喜欢和你，享受每一天的生活，一起学习和进步，而不是在一起后，变得更懒，让彼此操心。如果你因为遇见了我，会变得更加出色，那么将是我最大的快乐。

8_ 很多事情，你自己做决定就好，不要什么都问我。不管你做什么决定，我都支持你！

9_ 我不是那么爱打电话，更不喜欢煲电话粥，所以请原谅我无法每时每刻都满足你的耳朵。

10_ 如果吵架了，就一个小时，让那个劲儿尽快过去，更不要带着坏心情过夜。不要再半夜把我摇醒问我"为什么"，半夜被摇醒的男人，真的会失去理智！

11_ 不要因为一点小事就怀疑我们的感情，不要随便就提分手，如果我当真了，你又抓狂。

12_ 生活本身就是平淡的，我不能天天给你惊喜。

13_ 如果有一天，你累了，或者发现不是那么喜欢我了，请直接告诉我。不用害怕，也不用隐瞒，一个女人撒谎的样子，比离开的身影更难看。

14_ 如果有一天，我突然有些沉默，不要紧张，绝不是对你厌烦了，我也有那么几天，不想说话，只想自己待着。你就让我自己待着好了。

15_ 再说一次，我喜欢的爱情，是信任和默契，放松而踏实，如果你要的是激情四射，我可以给你，但是，同时，你也要能接受，激情退却过后的落寞。

16_ 女人，少"作"。

你的宽容，
还有我温暖的包容

宽恕，就是将不愉快的事情，
尽早忘掉，清除掉。
不留一点阴影在心上。

男人和女人，如果想要在一起生活，就必须学会宽容。

如果去问所有你认为过得美满幸福的情侣或夫妻，他们一定会告诉你这句话。

自己和自己都会闹矛盾，更何况，两个不同的个体呢？

我问过一对朋友，你们吵架之后，一般怎么处理？

男方说：一般什么都不说，上去给她一个拥抱。这很管用。

女方说：如果他实在气不过，就主动去哄他，说：好吧，你是对的，我认错，不要再吵了，好吗？

主动示弱，也没有什么不好。只要两个人的心情尽快重新好起来。

你有没有过这样的体会：曾经因为一件事情，气疯了！觉得它严重到不可接受，为此和他大吵大闹，恨不得马上就分手。

但是几天，或者一个月以后，你们却可以心平气和笑着再来回忆这件事情？

同一件事情，为什么在不同的时间，给你两种不同的感受？

那是因为情绪在作怪。因为不认输总想占上风的性格在作怪。

而时间，能平复一切。

在生活中，很多事，都不是个事儿。

即便你们是情侣，是爱人，也是不同的个体。之前拥有完全不同的生活和经历。当你因为观念不同或沟通不畅而产生愤怒情绪的时候，要想一想：你怎么确定自己对这件事情的判断就一定是正确的呢？何不调整一下自己的心，让它变大，让它能包容和接受别人的想法呢？

宽容，就是在发生一件让你情绪激动，愤怒沮丧的事情的时候。冷静地选择控制一下，把注意力挪开。告诉自己，这件事情，其实没那么糟糕。而当它过去时，选择让它过去，选择忘记。

说服自己，不要再计较了。

生气是难免的，但是不要随意就发飙，肆意地发泄，并不能让自己真的舒服和消气。

怒气冲冲，除了让自己更不舒服，还会让对方也受到影响，甚至给你更加激烈的反应，让事情越来越糟糕。

两个人在一起生活，一定要有一方先冷静。再大的矛盾，要学会理解和换位思考，要做好宽恕一切的准备。

宽恕，就是将不愉快的事情，尽早忘掉，清除掉。不留一点阴影在心上。

折磨人的愤怒和痛苦，会渐渐淡去。

能过去的事情，就让它过去，千万不要顽固和狭隘。揪着一件事情就不放。这样，一定是走不长远的。

爱一个人，就是接受全部的他，包括他全部的缺点。

这是老生常谈，但却又颠扑不破。

遇见
这样的男人

遇见他以后，
你突然失去了再去寻找其他男人的欲望。
你心甘情愿地对他一心一意。

当你遇见一个男人，感觉跟他在一起很轻松。

如果你感觉在他的怀抱里很舒服，并且这种感觉可以维持很久。

你们能吃得到一块，玩得到一块。晚上睡觉互不干扰。

没有什么刻意的惊喜，有时候，你只是看着他的背影，觉得这个人很好。

一些微不足道的小事，因为和他在一起，变得更有趣了。

他没有花言巧语，好多承诺都是说到做到的。

有时候他会伤害到你，但他一定不是故意的，并且为此不安难过。

你生病的时候，他一定在你身边照顾你。

你靠在他肩膀的时候，心里觉得特别踏实。

在你困难的时候，他毫不犹豫拿钱出来帮你。

激情退却以后，仍然喜欢着他。

认识他以后，生活一下子变得很充实。

跟他在一起的时间过得好快。

他把他的好多秘密都告诉了你。很多话都愿意跟你说。

你喜欢的电影、音乐、小说，好多他说他也喜欢。

话才说一半，他已经明白了。

对彼此有欲望。

就算知道你在说气话，他也用沉默来包容你，而不是和你吵。

遇见他以后，你突然失去了再去寻找其他男人的欲望。你心甘情愿地对他一心一意。

遇到这样的男人，就嫁了吧。

他会喜欢
这样的你

dear.

1. 不要老是在朋友的面前提他的缺点，讽刺他，指挥他，就算是开玩笑。大男人不喜欢这样。

2. 做一个独立的女人，不要让他成为你生活的全部，你要有自己的时间、感兴趣的事和朋友。

3. 不要打"夺命连环Call"，如果他不接，一定是有事，看到了自然会打回给你的。

4. 不要老是问他"你爱我吗"，不要总是让他证明给你看。

5. 有一颗包容的心，不要讲他的亲人的坏话。

6. 有一点幽默感。

7. 不要为小事抓狂。

8. 不要老是怀疑他。信任是两人相处的基础。

9. 偶尔也付个账。

10. 不强迫他在手机和钱包里放你的照片。

11. 他也需要你的鼓励和肯定。

12. 不要埋怨他周末去踢球，不陪你，那是他喜欢的事情，不要试图占有他所有的时间。

13. 不要希望他记住所有重要的日子。那不重要。

14. 爱干净、不邋遢，能把家里收拾得井井有条。

15. 能用心做一顿饭给他吃。

16. 喜欢看书，不肤浅。

17. 爱自己。不做极端的事情。不做伤害自己身体的事。

18. 有一颗善良的心。看电影会哭，也会实实在在地做有爱心的事。

19. 有一颗永远好奇的心。

20. 永远爱美。

How to love you ——

他不知道怎么做，
就直接要求

把想说的说出来。

———————————————————————————————— dear.

男人有时候很笨，在你遭遇挫折和失落，需要一句贴心的话的时候，他可能根本不知道你的需要，不会说话，让你的希望落空，进而失望郁闷，进而发脾气，进而离家出走，有可能到了这个地步，他还不知道发生什么事了。

有时候，女人会有一种错误的感觉：他如果爱我，就应该会知道我的需求。

但是，男人和女人是不同的个体，心有灵犀的事情，只能是巧合，不可能事事时时，他都能猜懂你的心。如果真有能猜透女人心的男人，那我觉得还挺可怕的。

再相爱的人，也有猜不透对方心的时候。所以，如果内心有什么需求，一定要表达出来。

可能有的女孩子会认为，直接表达需求和感受，会有点"掉价"。但是，花时间打谜语，两个人由此误会争吵，对你们之间的感情，又有什么好处呢？时间，与其拿来吵闹赌气，还不如拿来好好过。

1_ 如果你委屈了，或者难过了，告诉他是怎么回事，并且告诉他需要他怎么做，比如，需要他陪你一会。或者给你一个拥抱。

2_ 提出请求的时候，不要用命令的语气。不容商量的语气会导致对方的反感甚至抵触。

3_ 要有被拒绝的准备，如果他正在忙，或者别的原因无法做到的话。坦然接受，不要抓狂，

4_ 如果他做到了你的要求，别忘了向他表示感谢。

女人学会了在沟通中直接表达。会让男人觉得轻松。他会更懂得怎么照顾你。你们之间，会更加亲密。

别让他为了满足你，
而违背心愿生活

当你想批评他的时候，

请记住，

他是另一个人，不是属于你的。

How to love you dear.

"这就是我想要的生活！"

"我就是这么想的！"

"我喜欢这样做。"

当他说出这样的话的时候，有可能他的选择不是你所希望的。这时，希望你尊重他。不要试图让他改变。或者总是对他说："你应该这样，应该那样！"

人的生活，都是自己选择出来的。

我们每个人喜欢和追求的东西千奇百怪。

不是所有的人，都能遵从心愿生活。

大多数人会因为这样那样的"苦衷"而妥协。

那些因为不想"不甘心"的活着，所以坚持自己的理想的人，应该受到尊敬。但是，因为各种"苦衷"而妥协的人，也应该得到理解。

不要让别人为了满足你，而违背心愿生活。那是一种犯罪。

就算你无法理解，也要选择尊重。如果你爱他，希望他幸福，就让他自由地选择。

当你想批评他的时候，请记住，他是另一个人，不是属于你的。

一个违背自己心愿生活的人，脸上永远不会有舒心的笑容。

你应该支持你的爱人坚持自己的理想，并且持之以恒。

去探寻他过去的感情，
是自讨苦吃

—

dear.

> "
> 每个人，都有一段悲伤，
> 想遗忘，却欲盖弥彰。
>
> —— 一首歌里这样唱
> "

他和你在一起之前，一定会有过至少一段感情，除非你们都是彼此的初恋。

作为女人，有一种天生的好奇心，内心无比地渴望知道他的以前那几段。怎么遇见、如何相爱、在一起快乐吗、为什么分手。你甚至想去翻翻他的手机，去登陆他的聊天软件，看看到底那个人是谁。

很多女人这样做过，或许你正准备去这样做。在做之前，你可以想一想，这些，对你们的现在任何帮助吗？他知道了，会是什么反应？

很多女人千方百计这么做，只是为了搞清楚两个问题：1.他到底忘没忘记前女友？2.她对他来说到底有多重要？

每个女人，都渴望成为他的唯一。

知道了他的前女友，就会不由自主地拿自己跟她做比较。

有了比较，就有了痛苦。

其实你应该关心的，不是他的前任，而是了解，他是否愿意跟你在一起。如果这一点是肯定的，那你又何必自寻苦恼呢？

如果他真有一个忘不掉的女朋友，又怎样呢？试着接纳他，不要想去替代她在他心里的位置。也不要去比较。那个过去的，占着过去的位置，你有你现在的位置，不是挺好吗？他珍藏自己的"回忆"，不正好说明他是个重情重义的人吗？

女人，千万不要满足好奇心，而亲手把原本平淡幸福的生活给搅乱。

在你又一次蠢蠢欲动的时候。记住两点：

1_ 男人，没你想得那么复杂。

2_ 爱，是理解，是珍惜，是接纳。

当他烦躁时

在他的那几天，
保持安静。

其实男生每个月也有那么几天，莫名其妙地不舒服和难受，类似女生的生理期。

万事万物，都有它的节律，包括人的身体和情绪，都不会永远是一条直线，它也有高低起伏的。

男人是一群不爱倾诉，不喜欢表达的族群。有事都扛着，憋着，或者闷着，要不然就是抽烟喝酒。不像女人，不高兴了，说掉眼泪就掉眼泪。

男人虽然不会像女人那样，有明显的，固定的生理周期，但是，会出现周期性的情绪低潮。他们会每隔一段时间，情绪低落，烦闷，焦虑，身体不舒服。对工作和生活都提不起兴趣。有的甚至会脾气暴躁。

在他的"那几天"，女人最好保持安静，在生活上，细心照顾他，比如，煲汤、泡茶，给他捏捏揉揉，尽量温柔地对待他。千万不要因为他情绪有了变化就抱怨：你这几天对我不好了！你的抱怨，只会加重他的烦躁。

对待出现暴力倾向的"生理期"男人，最好就是让他待在一边，不要理他，更不要惹他，等他这段时间过去就好了。

不要让不愉快的，
　　在心里停留太久

多大点事儿啊！

—
dear.

　　我曾经向一对恩爱的情侣讨教他们如何做到感情保鲜，头顶一团和气？那位女朋友只说了一句：就是，计较得少！

　　是啊，牙齿和舌头都会打架，更何况两个活生生的人呢？在一起生活，就会有矛盾，就会有争吵。

　　一个人，再完美，也不可能让你事事如意。

　　不要因为他说错了某句话，就记住了，找到了机会，就要他"说清楚"。

　　不要因为一件已经过去的小事，再次拿起来喋喋不休。

　　不要总是念叨：我付出过多少？而你，又回报了多少？

　　不要让不愉快的，在心里停留太久。

　　钻牛角尖的时候，对自己说一句：多大点事儿啊！

该过去的事情，就让它过去。

永远看向明天，看向未来。留在记忆里的东西，尽量都是美好的。

这就是"计较得少"。

不要死盯着对方的缺点，要多看到他的优点。如果，你觉得要做到很难。那就尽量做到多站在别人的位置去想问题！该忘记的，就忘记。千万不要不依不饶。

How to love you dear.

"有我呢！"

相互扶持，就没那么艰难。

经过长时间的考虑，她终于走进上司办公室，递交了辞呈。

这是她多年的梦想，她想挣脱各种束缚，成为自己人生真正的导演，她想用剩下的人生，去做自己喜欢的事情——先从做一个自由摄影师开始！

做这个选择并不容易。她要离开的，是一个国有银行单位，这份工作，曾经让她的父母骄傲，毕竟是可以作为人生归宿的地方啊！

父母首先是最反对的，因为，她要放弃的，是很多实实在在的利益。而放弃之后，要面临的，是各种不确定，未知、和恐惧！

辞职了，每个月，不再有固定的收入，你现有的钱，够你生活多久？由俭入奢易，由奢入俭难。在降低生活标准之后，你能适应并且没有怨言吗？

辞职了，没有单位的制度约束自己，你能保证战胜自己的惰性，安排好自己的时间，而不是让它虚度了吗？

失去固定工作，也会相继失去一些工作平台的朋友，你会耐得住那一份寂寞吗？

失去了安全感，你的脾气会不会发生改变？

曾经，她纠缠于这些问题，迟迟不敢做出决定。

但是，最终，她还是下定了决心：听从自己的内心，做当下最想做的事情，选择自由的生活。

现在，她已经开起了自己的摄影工作室，渐渐有了客户。一切，看起来并没有当初想的那么容易，也没有那么艰难。

这一切，还有一个原因，因为他在，他对她说过：没事，有我呢！

不会表达的男人，
不一定没有爱

不要总是问：

你到底爱不爱我？

dear.

你信吗？一个人要是真爱你，他是不会总是把"我爱你"挂在嘴上的。

但是，总有很多女人，非常在意他的"表白"。如果他不说，就不停地问，不停地问。

一个朋友，飞飞，告诉我她的经历，她说，曾和男友在咖啡馆见证身边的朋友表白，那个表白的男性朋友做了动人的发言，还下跪，送戒指，朋友们都很感动，她更羡慕，同时也很期待地看着自己的男人。

但是，她的男人是一个不爱说话的人。

于是，她在上网的时候，调出转帖量很大的那个"快闪"表白的视频给他看，她感动得流泪，他"哦"了一声，面无表情，基本没反应，继续去干自己的事情去了。

这个世界上有各种各样的表白。什么玫瑰花啦，在宿舍楼下喊啦，在机场接啦。她不知道自己是不是能得到一个。她期待着，但心里觉得根本没戏。

他继续和她生活，有一次，突然在刷牙的时候喊肩膀疼，她问他怎么了，他说给公司搬家的时候，摔了跤，她提议去医院看一看，他说不用，看病太贵。

过几天，下了雪，她走路突然滑到，一屁股坐在地上。所有路过的人都看着她，没有人上前帮她。

她坚持起来。到了公司，发觉身体不对。

她给他电话，说自己摔了。

他一路狂奔来找她，带她到医院，帮她挂号，跑动跑西，陪她照 X 片。一脸着急，满头大汗。

她说，都来医院了，你也看看你的肩膀吧。他说不用！

这时，他们在医院看见了当初那个当众表白的男人，不过他带着别的女人来看病，被他们遇见了。

飞飞说："他扶着我回家的路上，我依靠着他，终于明白了，不会表白的男人，不一定没有爱。从那以后，我再也不缠着他，问那个幼稚的问题了。"

没有他，也能安然入睡

偶尔分开，

享受一个人的时间。

两个人在一起习惯了。但是如果有一天，他出差了，或者有事不能回家，你会适应一个人生活吗？晚上，你能安然入睡吗？

虽然身边少了一个人，多少会有些不习惯。但是，人活着，是免不了孤独的。即便有人一起生活了，有时候也必须面对突如其来的孤独。

所以，还不如接受这一个人的时间。好好享用它。

接受这份孤独，平静一点，不要焦虑，不要动不动就打电话，发短信给他。有时候，惦记了，不一定非得要让他知道。

两个人天天在一起，偶尔分开，不是正好享受一下一个人的自在吗？

下班和同事出去逛一逛，不要老在心里惦记着他。

或者回家，看看电视，吃点东西，早点入睡。他不在，挺安静的。这份安静，也挺难得。

他不在，你还是你。你能很好地与自己相处。不急不躁。

他不在，你仍然按时睡觉。而且能睡得着，睡得好。这样的你，才不是他的负担，他出差在外，也不需要牵肠挂肚，能踏实工作。

他会喜欢这样，既能黏到一块儿，又能保持独立的你。

收起你的夺命连环 CALL

两人相处，轻松最重要。

—
dear.

当你打电话给他，他没接，或者关机了。你会怎么办？

手机关机，意味着，你暂时找不到他了。当"你所拨打的电话已关机"的声音传来，你会不会感觉，这个人，一下子消失了？你会突然莫名地紧张和焦虑吗？你会突然胡思乱想吗？

接下来，你可能会做一件事——"夺命连环 call"，不管中国移动的一次又一次的提醒，告诉你对方已经关机，或者无人接听，但你就是很难控制，一遍又一遍地按出重拨键。

他关机，可能会有很多理由。这个时候，可能是他手机没电了。或者是在开会，或者，进入了一个没有信号的地方。有着很多很多的可能性。也许你不断地打出去，就是为了验证自己所猜想的那种可能，是不是真的。

但是，你知道吗？男人最害怕的，就是忙完了自己的事，拿起手机，却发现里面有 50 个未接来电，都是你打出的。

这时他会紧张，会想怎么向你解释。他甚至会觉得，手机，对他来说，就是你安在他身上的 GPS 定位系统。他也会觉得，你很不信任他。

为什么要把彼此都搞得如此紧张呢？他不可能 24 小时，都是随叫随应的状态啊！电话，是一个用来保持联络的工具，如果暂时联络不上，能不能不要担心？不要紧张？更不要抓狂？

请你平静地放下电话，安心去做自己的事情，等他看到了你的未接来电，自然会和你联系的。

聪明的女人不会打"夺命连环 call"，她会知道两个人相处，轻松是最重要的。

How to love you

爱情不能大过天

淡然一些，

自立一些。

dear.

　　有一个男性朋友，苦恼地说：女人，是世界上最难理喻的动物。想要爱情，想要幸福。可是不管怎么样，她们都不满足，不开心。她们需要听好听的，耳朵需要喂饱，需要送礼物，需要时时刻刻被关心，只要她发出了声音，就需要马上得到回应，回应稍微慢一点，就会埋怨你"不在乎她"。男人，有时候很累，回到家里，希望能沉默休息，可是，如果当着女人的面沉默，就是犯了大忌。本来什么事都没有，她可能会冲你大吼：你根本就不爱我！

我安慰这位男性朋友：可能对于女孩子来说，爱情是大于其他任何事情的吧！所以，她才需要你无时无刻地关心，随叫随到。恨不得把你变小了，24 小时揣在兜里。

可是你知道吗？女人，你视为"大过天"的爱情，如果长期下去，会变成他沉重的负担。撒娇会变腻味，吃醋会变争吵，"你到底爱不爱我，"这个问题，如果你不依不饶地想去得到证明。最后，得到的一定是一个否定答案！

相爱容易相处难。两个人在一起，不是"我爱你"就够了的。

能不能不把爱情看成生活的全部？和他一起生活，同时，也有自己的生活。

淡然一些，自立一些。适当给彼此一点距离和空间。

相信他，也自信一点。

给他自由，也在没有他的时间里，你要毫无焦虑地读书，工作，逛街，聚会。

不要没有他，天就塌下来。

他不是你生活的唯一。你做到了这一点，他反倒会更加珍惜你。

你爱他，但是不烦他。姑娘，你的爱就太成功了！

How to love you dear.

对他的朋友好

不要对他说：

"又去见你那帮狐朋狗友了！"

两个人在一起的时间，有一部分是需要和对方的朋友在一起相处的。对男人来说，在你们相识相恋的最初，认可你们关系的重要一步，就是介绍你给他的朋友认识。

我很愿意认识他的朋友，曾经，也是因为了解了他的朋友们都是一些不错的人，才下决心正式跟他交往的。

三毛在自己的书里写，荷西曾经抱着她说，谢谢你，谢谢你不仅对你的先生好，还对他的朋友好。

的确，这对于一个男生来说，是一件非常重要的事情。因为朋友不仅代表着他生命当中的友情，还代表着他在这个社会当中的尊严和地位。所以，你尊重他的朋友，对他的朋友好，有时比对他好更加有用。因为那代表着你尊重他，这是对于一个男生来说非常重要的东西。

你不需要对他的朋友嘘寒问暖，也不需要关怀备至。你需要做的，就是尊重他们在一起的时间，在他们见面的时候，不管在场不在场，都表示赞许的意思就可以，不要对他说："又去见你那帮狐朋狗友了！"

如果你对他的某些朋友有意见，可以和他私下里讨论，但是不要阻止他们来往，他们既然能成为朋友，对方就一定有他欣赏的地方。

他的朋友里可能有男生，也有女生。这个时候，你要十分信任他和女性朋友之间的友谊，不要疑神疑鬼。因为有时，女性朋友可以为他提供更多的女性观点，成为你们之间关系的指南，她会更明白你在想什么。如果你一味地怀疑他和女生朋友之间有什么暧昧，很可能就会彻底毁了他对你的信任和好感。

偶尔请他的朋友来家里吃顿饭，显示你的欢迎和接纳之意。让他和他的朋友都感觉，你是友好和善意的。这样，在他的朋友圈里，你的口碑会越来越好，你的地位自然也会越来越牢固。

能说到一起，
才能过到一起

—

dear.

曾有一个 40 多岁还单身的男演员接受访问：你为什么还没有结婚呢？

演员说：没有遇到合适的。

问：什么样的才是合适的？

演员说：就是随时随地能聊天的。

是啊，每个人身边，都有不少的朋友，但是有多少，是你随时随地，都愿意找他聊天的呢？

能和你说到一起的人，是不管白天黑夜，只要你发出声音，他都能回应你，而不觉得厌烦的人。

找一个能畅所欲言的爱人，是一种幸运，也是一种幸福。

> 其实，最美的承诺是：
> 让你跟我永远有话说。

　　有些话，在漫长的岁月里，你可能已经对他说过一千遍，一万遍了，但是，他从来也不会打断你，仍然像第一次听见似地，回应你一声：哦？是吗？

　　你的苦恼和烦闷，心情和境遇。因为你们能说到一起，他最了然于心。

　　有时，他也会笑你，但是，你绝不会后悔对他袒露了心迹。

　　如果有一天，你喜欢的人，对你说："过来跟我说说话吧！"这是一种多么亲密和信任的召唤。

　　他是你知根知底、知冷知热的朋友。

　　他是能最能深刻理解你的人。

　　有了对方，你们就不再孤单、寂寞。

　　两个人在一起，最怕的就是没话说。

　　找个能聊得来的人做伴侣，不容易。

　　等你们老了，坐在一起，会知道，喜欢说话，原来是一种很大的优点。

How to love you
Dear

自从有了你

这一切，全变了。

曾经，我一个人。

一个人住。

一个人走路。

一个人吃饭。

一个人睡觉。

一个人去看病。

一个人哭。

一个人笑。

我一个人，暴饮暴食。有时候又一整天不吃饭。

我一个人，昼夜颠倒，晚上睡不着，白天睡不醒。

我一个人，依赖网络，走到哪里，都离不开电脑。

我一个人，内心焦灼，抽烟喝酒，疯狂购物。

我曾一个人，情绪低落。自我贬低。拖延症和抑郁症都来困扰。对很多事，都没有兴趣。

一个人，连房间都不想打扫。

一个人，脆弱得不行，动不动就想哭。

一个人，常常沉默。可是有时候，又话痨到想抽自己！

有时候，对自己说，出去散散心吧，又懒得起身。

我曾一个人，看不清未来，快要坚持不住。

自从有了你。

这一切，全都变了。

因为有了你，我焕然一新。

我变得积极、向上，看到希望。

因为你，开心的时候多了起来。

一种叫"心里踏实"的感觉，让我俯身感谢所有被错过的，伤害过我的人。如果不是他们让路，我不会知道，这种感觉，有多么好！

两个人相遇，一切向好的、光明的方向发展。有人说，这是善缘。

愿我们都珍惜。

ⓒ 韩梅梅 2016

图书在版编目（CIP）数据

我该怎样爱你，先生 / 韩梅梅著. — 沈阳：万卷
出版公司，2016.6

ISBN 978-7-5470-4172-7

Ⅰ.①我… Ⅱ.①韩… Ⅲ.①随笔 – 作品集 – 中国 –
当代 Ⅳ.①I267.1

中国版本图书馆CIP数据核字（2016）第094946号

出版发行：北方联合出版传媒（集团）股份有限公司
　　　　　万卷出版公司
　　　　　（地址：沈阳市和平区十一纬路25号　邮编：110003）
印　刷　者：北京鹏润伟业印刷有限公司
经　销　者：全国新华书店
幅面尺寸：130mm×185mm
字　　数：170千字
印　　张：8
出版时间：2016年6月第1版
印刷时间：2016年6月第1次印刷
出品人：刘一秀
特约监制：罗　毅
责任编辑：杨春光
责任校对：丁建新
版式设计：范　娇
ISBN 978-7-5470-4172-7
定　　价：32.80元
联系电话：024-23280378
传　　真：024-23284448